ぼくの異世界生活はどうにも前途多難です。
My life in another world is a bumpy road ahead.
ジュエル
カイル
みゃあちゃん
ケイン
スライム
みぃちゃん

かみさまはぼくを
ひとりぼっちにしなかった。
これが祝福というやつなのかな。
弟ができた。
家族って増えるものなんだ。

なんだか腕の中の
モフモフが大きくなっている！

Contents

presented by
Tomato yuki / Sunaho tobe

ぼくの異世界生活はどうにも前途多難です。

My life in another world is a
bumpy road ahead.

有木苦占

ill. 戸部淑

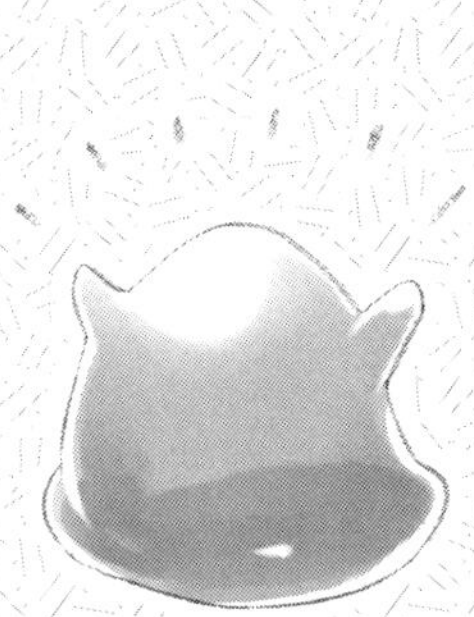

登場人物紹介
Characters

ケイン

カイルの弟。
元気いっぱいな可愛い2歳児。

カイル

主人公。
平凡なサラリーマンが
転生した3歳児。

ジュエル

カイルの父。
大型の魔術具を
得意とする魔法技師。

ジーン

カイルの母。
小さい魔術具を
得意とする魔法細工師。

ジャネット

カイルのお婆。
薬草を育てて
調合する薬師。

ラインハルト

ジュエルの上司。
領の重鎮だが子ども並に
好奇心旺盛。

みぃちゃん

カイルの猫。
背中がクリーム色で
お腹が白い。

みゃぁちゃん

ケインの猫。
全身が真っ白で
もふもふ。

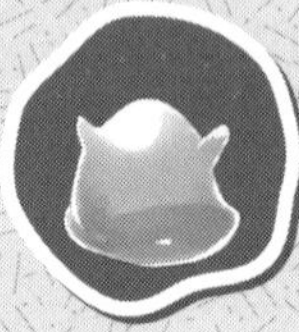

スライム

カイルのスライム。
とっても健気な性格。
ある日事件が起こり……!?

一章 この先生きのこるには……

My life in another world is a bumpy road ahead.

あと三十分寝ていられたのなら多少は違った結末があったのかもしれない。

会社のＩＣＴ化《情報通信技術》が進み支店の閉鎖が増え、気が付けば週に三回は長距離運転を強いられている。

出張経費をケチっているのか、スケジュールの問題なのか、日の出とともに出発した。

朝日が山肌を染める時間帯は疲れが飛ぶほど美しい……などと言っていられない。峠のカーブを曲がるたびに眩《まぶ》しくて堪《たま》らない。

遠心力だな、なんて体を傾けながらカーブを抜けるとすぐ、鹿の群れが道路を横断していた。

これは詰んだ。最低限の選択肢しかない。

ブレーキを踏むと鹿がフロントに乗り上げて、運転席の俺《おれ》はつぶされて死ぬ。怖くてもアクセルを踏んで跳ね飛ばせば、車は廃車になっても俺は生きのこれるかもしれない。

もちろん踏むのはアクセルだ。

物凄《すご》い衝撃とともにエアバッグが開く。ガツンともう一度大きな衝撃が起こり、車体がグルグルと回転しながら落下していく。

崖から落ちたのか？

わからない。

どっちの選択肢でも死ぬしかないじゃないか!


……。


……暗い。狭い。息苦しい。血なまぐさい。

俺はまだ生きているのか!

あの状況で?

俺はうつぶせで頭を抱えた状態で、上から誰《だれ》かが覆《おお》いかぶさっているのに気が付いた。

俺の身長は一八二センチもあるのにすっぽりと覆いかぶさっているなんて、どれだけ大きい奴《やつ》なんだ。それより車内に閉じ込められていたはずなのにどうなっているんだ?

木製の床をバタバタ走るような音も聞こえる。

いったいどういう状況なんだ?

その時、激しい頭痛と共に知らない誰かの思い出が走馬灯のように頭の中を駆け巡った。

中世ヨーロッパの農民みたいな服装の両親。顔つきは明らかに外国人なのに、父さんと母さんだ、という思慕が湧《わ》き出《で》てくる。

山奥の工事現場の宿舎の管理人に夫婦で決まって喜んでいたこと。ぼくも一緒に行けると聞いて嬉《うれ》しかったこと。作業員に小さな木馬を作ってもらって遊んだこと。

楽しかったり、嬉しかったりしたことばかりだ。

そうか、この子の人生は幸せだったんだ。良かったね。

……いや、そうじゃない。

ぼくがカイルなんだ。

これは多分生まれ変わりと言うやつだ。

どうやら三歳にして人生最大の危機に瀕《ひん》して、前世の記憶を思い出したようだ。

山小屋に強盗が襲ってきて、ぼくはとっさに母さんのスカートの中に隠れたのだ。

だから何も見ていない。

音から推測すると母さんは強盗に刃物か何かで切られてから刺されたのだろう。母さんは倒れこむときにお腹《なか》の下にぼくを隠すように覆いかぶさった。ぼくがつぶれないように、気を付けて。

人生最大の危機に前世の記憶を思い出してもどうしようもない。過酷なサバイバル知識は持ち合わせていない。

助かる知恵など考えつくわけもなく、泣き声を殺して、じっとしていることしかできなかった。

しょうがないよ、ごめんね、カイル。

泣くなよ、カイル。仕方ないんだ。

現実なんて、今は考えなくていいよ。楽しかったことを考えよう。

今まで食べた中で美味《おい》しかったものは何?

とりにくのスープ。

ああ、肉はいいな。

かあさんのわらったかおがすき。

ああ、美人だな。

………。

ぼくはなるべく、こわいことをかんがえないように、ものおとが、おさまるのをまった。


どのくらい、じかんがすぎたのだろう。

ぼくはいつのまにか眠っていた。

いきぐるしいけれど、呼吸はできる。

膝《ひざ》を曲げていたから、ほんのわずかに隙間《すきま》はあるが、寝返りができないから体が痛い。

血流が少しでもよくなるように、動かせる範囲で手足をバタバタさせた。

ぼくの体が密着していなかった部分の母さんの体は冷たく、ぼくを守るように覆いかぶさっているので重くてどかせない。、
ぼくの首筋にドロッとした液体が伝《つた》ったが、狭くて確認できない。

かあさんはきられた…………。

母さんは美人だよ。

かあさんはさされた…………。

母さんは優しいよ。

……かあ……さ……。

何度も眠った。

もう何度目覚めたか覚えていないほどに。

そもそも三歳児には体力も気力もない。その上、この状況で精神的に疲れてしまったのだ。

嫌なことが頭に浮かぶたびに母さんの子守歌を何度も思い出して、疲れて眠るだけだ。

大丈夫、必ず助けが来る。

なるべく体力を温存して一分でも一秒でも長く生存時間を引き延ばそう。

ぼくは生きのこるのだ。


……何だろう……凄くうるさい。

人の声、怒号に近い声が、頭に響く。そんなにどやどや騒がないでほしい。

いや、人が来たのだ。

助かるかもしれないと気が付くと、ぼんやりしていた頭に急に血が上《のぼ》った。

「……たす……け……」

大声を出すつもりだったのにかすれた声しか出なかった。

「た、す、け、て」

お腹に力を入れてできるだけハッキリと聞こえるように声を張り上げた。

「た、す、け、て」

「こっちだ！　こっちに管理人のご婦人が倒れているぞ！」

気が付いてくれた‼

「た、す、け、て」

「……子どもか？　子どもがいる！　しかもまだ生きている！　おい、誰か手伝え！」

言い終わらないうちに体の上にあった重く冷たい亡骸《なきがら》がどけられた。

ああ……かあさん………。

ぼくはようやく体を震わせて泣いた。もう疲れ過ぎて声も出せなかった。


それから、ぼくは水を飲ませてもらうとまた眠ってしまった。

起きた時には山小屋は綺麗《きれい》に片付けられており、遺体は大きな布にくるまれて外に並べられていた。ぼくたち家族にあてがわれていた山小屋の管理人室のベッドで身を起こし、窓越しにそれを茫然《ぼうぜん》と見ていた。

父さんと母さんがそこに並んでいるのは理解できるのに、布をはぐって表情を見たいという気が起こらなかった。

「回復魔法の使い手が間に合ってよかった。それでも消化器系の、いや、お腹《なか》の調子がよくなっているかわからないから、スープから飲んでみよう」

現場検証を終えた騎士っぽい人たちがぼくの話を聞きたそうにしていたのを遮《さえぎ》るように、簡素な服装の二十代半ばに見える青年に声をかけられた。

「食欲がなくても、いや、食べたくなくても少し口にした方がいい」

青年はぼくの視界を塞《ふさ》ぐように窓側に回り込んで、ぼくを抱き上げて食堂に連れて行った。

「俺にも子どもがいるんだ。同じくらいの年頃の……」

痛ましい子を見る目で話しかけてくるのだが、口調は淡々としている。

「無理はしなくてもいいが、できるだけ食べてくれ。馬車より馬での移動の方が速いからそれに耐えられるくらいに体力を戻そう」

「えっ、父さんと母さんは……」

「他の作業員たちとここで埋葬することになる」

「遺体の損傷《そんしょう》が激しいからですか？」

「そうだ。うっ？　随分と難しい言葉を知っているな」

「死にたくないと思っていたら頭の中で物知りな人がいろいろ教えてくれたんだ。……ぼくの頭がおかしくなってしまったのかな？」

「お前の頭がおかしいわけじゃない。今は何も考えるな。とにかく食べろ」

他の騎士よりも立派な鎧を着た騎士がパンをスープに浸して柔らかくしたものを運んできた。

「……ぼくはカイル。おじさんたちは？」

「俺はジュエル。この橋梁工事《きょうりょうこうじ》の現場監督だ。こっちはマルク。警護を頼んでいた騎士の偉い人だ」

そこまでは淡々と話していたジュエルが急に大声になった。

「カイル、お前は何も気にするな、うちの子になればいいんだ」

なにこの展開。頭がついていかない。

「とにかく食べろ。お前は、カイルは、うちの子になればいいんだ……。ぐっ、ふ……」

ジュエルは突然号泣した。最後の方は何を言っているのかわからなかった。


マルクさんは冷静に説明してくれた。

現場監督のジュエルが一時帰宅している間に強盗の襲来があって、ぼくが奇跡の生存者として発見されたらしい。

ジュエルは自分がいない中このような惨事が起こり、現場に到着後にその凄惨さから生存者の可能性を考慮することもなくすぐに現場検証を始めてしまい、ぼくの発見が遅れたことに責任を感じているようだ。

常駐の騎士がいたのにもかかわらず、こんな事態になってしまったのだ。

ジュエルがいてもジュエルが死んでいただけだろう。

ぼくは薄味のスープを食べながらそう思ったが、口には出さなかった。

ジュエルは子煩悩の愛妻家だから、麓《ふもと》の村の親族に引き取り手がいなければジュエルの子になれば良い、とマルクさんや他の騎士たちは口々に言った。

ジュエルの子になるかどうかはさておいて、現実は淡々と過ぎていく。

騎士たちは父さん、母さん、常駐の騎士ふたり、文官ふたりを手厚く埋葬して、ジュエルが大きめの石を魔法で加工して簡単な墓標を作ってくれた。

マルクさんが追悼の言葉を述べて簡単なお葬式をしてくれた。

ぼくは働かない頭で、剣と魔法の世界なんだ、と思った。

騎士が常駐していたのは盗賊対策より魔獣対策のためで、母さんも魔獣が嫌う薬草を植えて対策をしていた。

本当に怖いのはこの世界でも人間なんだ。

ぼくの体力が回復するまで救助から三日かかった。騎士の半数は帰ってしまっていたが、ジュエルはせかすこともなく付き合ってくれた。

騎士団付きの医者とみられる人物から下山の許可が下りると、ジュエルは馬にぼくを同乗させ、物凄い速さで下った。

魔力のある世界の常識がわからない。


ぼくの出身村は林業を生業《なりわい》としているが、その収入は少なく、農業も住民全員分が暮らせる収穫量すら見込めないほどの貧しい村だった。

ぼくの親族は両親のわずかばかりの遺産を欲しがるくせに、ぼくのことは育てられないと言う人たちしかいなかった。

遺産と養育費を比べたら、養育費の方が高額になるから養育放棄するのは理解できるが、そうなると遺産はぼくのものだろう。

ジュエルは目元を怒りで時々震わせたが、淡々と相手の言い分を聞き、法的に親族としての縁を切るなら遺産を渡すと話をつけてしまった。

孤児院に行きたくなければジュエルの子になるしかなくなってしまったが、この村に引き取られる選択肢がなくなったことの方が嬉しい。

遺産は手切れ金だと思えば、納得はできないが落としどころとしては仕方ない。

馬車では遅くなるから、とまた馬に乗せられた。親族代表者も騎士の馬に乗せられて、またしても高速移動で大きな町に着いた。

三階建ての建物もある、綺麗な町。

なんて、感動する間もなく、豪華な教会までまっしぐらに駆け抜けた。

小さな会議室に通されて司祭っぽい人と、親族代表者とジュエルを交えて調停書やぼくには接触しないと明記された誓約書まで作成した。

七歳の洗礼式を迎えると受け取れる市民カードは、五歳に仮登録すると仮市民カードとして発行してもらえる。

五歳未満の扱い、それはこの世界をよく表している。乳幼児の死亡率が高く、三歳まで出生届は出されない。まだ三歳のぼくの場合は、出生届は出されていたが五歳の仮登録さえまだなく、七歳の市民カード発行までの、住民登録のない空白の期間中にこうして孤児になってしまった。

そのため、ぼくはジュエルを後見人と明記した仮市民カードを発行してもらい、七歳の洗礼後に正式に養子縁組されるまでの空白の期間に、親族が集《たか》りに来ないようしっかりと縁を切った。

もう金輪際会うことのない親族との別れに心が動くこともなく教会を後にした。

教会まで乗り付けた馬は騎士団からジュエルが強引《ごういん》に借りていただけだった。ここからは徒歩で帰る、と言われたが、長時間の乗馬でぼくのお尻《しり》は限界を超えており、蟹股《がにまた》でしか歩けなかった。最後まで付き合ってくれた騎士が馬車を呼びましょうか、と言っていたから、ジュエルの家はここから遠いのだろうか？

街の様子を見せてあげたいから歩くよ、とジュエルが言うと、騎士は気を利《き》かせて魔法でぼくのお尻の痛みをとってくれた。

「ありがとうございます」

ぼくが頭を下げてお辞儀をすると、そこまでしなくて良いよと言われた。

習慣の違いがわからない。

「ジュエルさんにはお世話になっているから、カイル君はなにも気にしなくていいよ。ご家族も優しい人たちだから、突然のことで驚かれても受け入れてくれるでしょう」

「なぁに。うちの家族は問題ないよ。カイルも今日から俺の家族だ」

確かにさっき家族になったが、他の家族が受け入れてくれるかは別問題だ。

ジュエルは騎士に別れを告げてぼくの手を引くと身長差で腰が曲がった。

不安げなぼくの顔を見たジュエルは安心させるように笑うと、ぼくを抱き寄せて肩車をした。

「教会から真っすぐの大通りの先に噴水広場があるのが見えるかい。あそこに光と闇《やみ》の神の祠《ほこら》が並んで立っている。カイルのご冥福を祈って、カイルが生きのこったお礼を申し上げよう」

神様は本当にいるのだろか。

いるならどうしてぼくから、とうさんとかあさんをうばったのだろう……。

……かみさまはとうさんとかあさんをみすてた……。

「髪の毛はそっと扱ってくれよ」

ぼくはジュエルの髪の毛をいつの間にか引っ張るように握っていた。

「ご、ごめんなさい」

「まだふさふさだけど用心はしないといけないからな」

大股のジュエルはすぐに祠までたどり着き、ぼくを下ろすと真面目《まじめ》な顔で言った。

「いいかい、カイル。神様はそんなに都合よく人間を助けてくれない。カイルの両親は神様に罰せられるようなことは何もしていなかった。悪いのは強盗たちだけどすぐに天罰が下ることもないだろう。それでもカイルの両親のご冥福を祈り、たった一人生きのこったお前に祝福をもらえるように祈ることは必要なことなんだ。これからカイルが幸せになるためにな」

光の神と闇の神の祠は、ギリシャの古代神殿の柱のように円錐《えんすい》形で、その中にサッカーボールくらいの水晶のようなものが祀《まつ》られていた。

ジュエルが両手で包み込むように触れると優しく光り徐々に輝きを増した。

「こうやって魔力を奉納しながらお祈りをするんだが、カイルは五歳になるまで魔力奉納はできないから、今のところはお祈りだけで十分だ」

パンパンと両手を叩《たた》いて一礼すると、父さんと母さんに死後の悲しみがないように祈った。

「頭を下げて目を閉じて祈るのは上手だけど、手は叩かなくていいぞ」

ジュエルはまあいいか、と言って、再び肩車をしてくれた。

二章　家族って増えるものだから

My life in another world is a bumpy road ahead.

初夏の太陽はとっくに山の稜線《りょうせん》に沈んだが、西の空はまだ明るい。茜《あかね》色の水彩絵の具を薄めていったかのように空の真ん中で黄色くなると、その先は徐々に闇《やみ》が広がっていく。

大通りの両側では、ポツンポツンとまあるい小さな明かりが足元にともる。

ジュエルが、街灯は魔獣襲来時の警報を兼ねていると教えてくれた。領主さまのお城があるこの町の結界は厳重だけれど、十数年前にある町で起きた魔獣暴走ではその町一つ壊滅したうえ、王都にも被害が及んだから油断はできないらしい。

先ほどジュエルが祠に奉納した魔力は街の結界維持や、街灯にも使われており、領主さまと市民が協力して町を守っているのだ。

そんな街の様子をジュエルに説明してもらいながら進んでいると、住宅街を抜けた奥にある広い土地に、ポツンと立っている家に着いた。

「今日からうちの子になったカイルだ」

「は、はじめまして……」

「おかえりなさい。ご飯の前にお風呂《ふろ》がいいでしょう。カイル君も先にさっぱりしようね」

玄関を開けると、ぼくたちを出迎えた奥さんは向かい合った正面のもう一つの玄関を開けてお風呂場に案内してくれた。

二軒長屋を一家で住んでいるのか。

「着替えはここに用意しておくね。時間的に寝間着でいいでしょう?」

奥さんはテキパキと動き回り、ご飯の支度《したく》があるからと行ってしまった。

お風呂は洗い場と浴槽が分かれており、かなり広かった。

「頭からお湯をかけていいかい?」

言い終わらないうちに、ジュエルはザブンと湯をぼくの頭にかけて石鹸で全身を洗ってくれた。

シャワーがないから仕方ないが、いきなり手桶で湯をかけられるのはキツイ。

返事をする隙もなくぼくは再びお湯をかけられてポチャンと深い浴槽に入れられた。

せっかちすぎだよ。

ジュエルは自身を手早く石鹸で洗うと、浴槽の湯量が上がってぼくの顔に湯がかからないようにぼくの脇《わき》に手を入れて持ち上げてから浴槽に入った。幼児の入浴に手慣れている。年の近い子どもがいると言っていたな。

「すまんな。急がせて。せっかく家に帰って来たんだ。早く家族と和《なご》みたい」

「こんなに大きなお風呂を作ったのは家族と和むためなの?」

「……お婆もいるんだ。家族全員では入らんぞ。大家族になりたかっただけだ」

「だからって、成り行きで子どもをもらってくるなんて、よく許してもらえたね」

「……生きていたらカイルと同じくらいだったんだ。一番上の子ども」

「いくつで亡くなったの？」

「生まれてひと月くらい」

「奥さんはぼくがいる方が辛《つら》いよ」

「……カイル。お前はもう俺《おれ》たちの家族なんだ。俺たちの家族はどんどん増える、これからもな。……それでいいんだ」

のぼせそうなぼくの頭では、どうして、それでいいのかわからない。

「上がって飯にするぞ」

ジュエルは素早く風呂から出ると、自分の体より先にぼくの頭をわしわしと拭いてくれた。

手渡された寝間着はぼくにピッタリなサイズだった。


「先に帰ってきた騎士団の方が家に寄ってくださって、生きのこった子どもがいるからジュエルなら連れて帰って来るだろう、と教えてくださったのよ。ケインと同じくらいの大きさだから、服もしばらくは共有できそうだって」

食堂で奥さんと子どもとお婆《ばあ》さんを紹介された。誰《だれ》もがぼくがここにいるのを当然だと思っているようで、動揺した様子もない。

「ぼくのほうがおおきいもん」

「いや、カイルがお兄ちゃんだ。カイルは三歳でケインはまだ二歳だよ」

「ぼくもうすぐさんさいだもん」

「そん時にはカイルは四歳になっている」

ケインはジュエルそっくりの紫紺の髪で、奥さんのジーンによく似た緑の瞳《ひとみ》の男の子だ。小さな指を二本出してもう片方の手で、一、二、と数えている。

「ぼくもおにいちゃんになるもん」

「弟もいいもんだよ。お兄ちゃんが遊んでくれる」

優しく語り掛けるお婆さんのジャネットは、小柄で背中が曲がっている。ピンク色の髪に白髪が交ざっているが可愛《かわい》らしいお婆さんだ。

「ごはんたべたら、あそぶもん」

「カイル兄ちゃんはもう疲れているから寝た方がいいのよ」

「いっしょにねる！」

「一緒に寝ていいのかい？」

「いいよ。ぼく、おねしょしないもん」

「今日は随分といい子だね」

「ぼくはいいこだもん」

鶏肉のスープはお肉が口の中でほぐれるほど柔らかく、たくさんの種類の香草が使われておりとても美味《おい》しかった。

だが、だんだん咀嚼《そしゃく》をするのも面倒なほどの眠気に襲われて体が前後に揺れた気がしたところで意識を手放した。

温かい体がピタリとくっついている。

温かいのは生きているからだ。

ちょっとべたつくのは汗のせい。

寝息が速いのは小さい子どもだから。

真夜中に目が覚めた時は少し混乱したが、ケインの温かさにジュエルのうちの子になった実感が湧《わ》いてきた。

かみさまはぼくをひとりぼっちにしなかった。

これが祝福というやつなのかな。

真っ暗なベッドの中で聞こえるケインの規則正しい寝息が可愛《かわい》く思えた。弟ができた。

家族って増えるものなんだ。それでいいんだと言ったジュエルの言葉が少しだけ理解できた。

目頭が熱くなってきたから、ケインにぶつからないように気を付けて寝返りを打った。

その時、本当に真っ暗な部屋の隅っこに何かがいるのがわかった。黒いモヤのようなものだ。

こっちを見ている。実際に目があるのか確認できなくても、視線を感じる。

首筋から背中にかけて産毛ごと皮膚が粟立つ感覚がして、ケインと密着しているからではない汗が額に滲《にじ》んだ。

『見えないけれどいるんだよ』

母さんが言っていた。魔獣除けの効果がある草の茎で編んだ帽子をかぶって、母さんに背負われて、森で採取するときに言っていた。

『森の中に平らな地面がないように魔力もボコボコと薄まったり溜《た》まったりしているの。魔力溜《だめ》にはいい薬草が生えているからよくよく観察するんだよ。小さいころから探すことで自然と見えない何かがわかるようになるよ。いいものばかりじゃないからね。瘴気《しょうき》もそこらに溜まるから、見えないものにも気をつけようね』

アレが母さんの言っていたものなのか。アレは良いやつなのか悪いやつなのか？

いろいろ考えていたら、それだけでまた疲れてきた。

ぼくはずっと隅っこを見ていたはずなのにやはりまた眠ってしまった。

「ねえ、おきるよ。おきるよ」

小さな手がぼくの頬《ほお》を叩《たた》いた。

「もう起きたよ」

「にいちゃんおきた」

部屋から元気に出ていくケインの後についていくと、階段で一段一段お尻《しり》をつきながら器用に下りていく姿が見えた。弟は可愛い存在なんだな。ぼくは壁伝いになら普通に下りられる。

「おはよう。カイル、ケイン」

「おばば、おはよう」

「おはようございます」

ケインはジャネットに抱きついて抱っこで運ばれる方を選んだ。

身支度を済ませると、日はもう高く上がっており、朝食はテラスでブランチになった。

広い庭は半分がいろいろな薬草が植わっている畑でもう半分にはブランコや砂場があり、子どもの遊び場になっていた。母さんが育てていた薬草もあるのが、なんだか安心するような切ないような気持ちになった。

食べ終わるとケインはジャネットと庭の遊具で遊び始めた。ぼくは食器を片付けるジーンを手伝うことにした。

「この箱に入れるだけだから後はいいわよ」

食洗機があるなんて街の人の生活レベルは思っていた以上に高いようだ。

「ジュエルが作ってくれたのだけど、家事で大変なのはお洗濯の方なのよね」

洗濯機はないのか。トイレは水洗だけど便座がないし、お風呂はあるのにシャワーがない。文化レベルがよくわからない。

「ジュエルからカイルは知識の神様のご加護があると聞いているから、知りたいことがあったら何でも質問していいのよ」

ジーンは洗濯の盥《たらい》と洗濯物を庭に運びながらそう言った。

「知識の神のご加護ってなあに？」

「子どもの育ちが早い時には神様のご加護があると言われているのよ。歩き始めが早ければ武勇の神様のご加護、喋《しゃべ》り始めが早ければ言語の神様のご加護、教えていないようなことでも知っている子は知識の神様のご加護を賜ったと言うのよ」

庭に水が湧き出《で》る井戸があって、ジーンはそこで洗濯を始めた。

「ぼくはもっと別の神様のご加護が欲しかったな」

けれど、三歳児が強盗をやっつけるほどの武勇の神様のご加護が得られるとは思えない。

「神様はちっぽけな人間の都合なんて考慮してはくださらないのさ」

砂場で遊んでいるケインを見守りながらジャネットも洗濯を手伝いに来た。

「神様は大雑把《おおざっぱ》なところがあって、雨乞いの祈りが大雨になってしまうこともあるから、神事《しんじ》として教会が管理しているのさ。ご加護があれば魔法操作が楽になると言われているが、魔法学校に入学しないと魔法は使えない。だから魔術具に魔力を込めることで魔法を便利に使っているのさ」

「魔術具次第でどんな魔法でも使えるようになるの？」

魔法の話は興味深い。

「いろいろな魔法陣を組み合わせることで確かに何でもできるように見えるけど、必要な魔力の量が多いと、日常的には使えないわね。それに素材や魔石の質も魔術具の仕上がりを左右するわ」

「ぼくも魔法学校に通えば魔法を使ったり、魔術具を作ったりできるのかな？」

ジャネットがぼくの手を取って、真剣な顔できっぱりと言った。

「七歳の洗礼式で魔法適性ありと判定されないと、お貴族さまじゃなくては残念ながら入学できないのさ。適性ありと判定されたら婆たちのような平民でも初級魔法学校に入学できるよ。平民は魔力が少ないから魔法を学ぶ機会が少ないのさ。でもね、どんな人にもほんの少しは魔力があるんだ。魔法陣を使った魔法を行使できなくても魔術具で魔法を使いこなせるようになるから、小さいうちは体に魔力を溜めることより、魔力の流れを意識した方がいいのさ」

ジュエルもジーンもジャネットも王都出身だから平民も学べる魔法学校に通えたが、この田舎領地では洗礼式で適性ありとならない限り王都の魔法学校への入学は厳しいらしい。

「カイルは庭の畑を見ただけで魔力の一番多い薬草を見つけただろう？　魔力の流れを意識すると魔力操作が楽になるから適性検査でも上手《うま》くいくだろうさ」

「ここの畑には母さんが採取していた薬草がいくつか植わっていて、種から育てたのではここまで育つのに十年近くかかるし、根っこから採取して畑に植えても根付かないって言っていた薬草があったから目についたんだ」

「薬草の魔力量ではなく母親から教わった知識で理解したのね」

「母さんが家事や仕事の合間に森で薬草を採取していたから、負《お》ぶってもらって一緒に行ったよ。選別の仕方や植生や群生地の気配、悪いものがあることも感じなさいと教えてくれたんだ」

「魔力の流れを理解する素地を作ってくれていたんだね。いいお母さんだ。カイルはきっと魔法学校に入学できるだろう」

ジャネットとジーンがしみじみと頷《うなず》きあっている。

「ジャネットとジーンは何のお仕事をしているの？」

「婆は中級魔法学校までしか魔法学を学んでいないけど、こうやって魔力の流れを利用して薬草を育てて、調合する薬師を生業《なりわい》としているよ。魔法を使うのはそこまで得意じゃないのさ」

「私は上級魔法学校を卒業したけれどさすがにお貴族さまほどの魔力はないからね。初級生活魔法の技術を駆使して、魔法細工師として極小の魔術具や魔石に魔法陣を描く仕事をしているわ。指輪の収納箱に仕込む魔石だと、羽虫の魔石よりも小さいものに加工することもあったわ。ジュエルは私と真逆で、大型の魔術具を最小限の魔力で使用できるように設計製作しているわ。領主さまお抱えの魔法技師で、つり橋の設計施工に関《かか》わっているから騎士団の護衛がついていたの」

適性がある平民が魔法学校で学んだにしても、この一家の人たちは各自の能力が高そうだ。

「ジュエルはまた山奥に行ってしまうの？」

「今回の事件の調査が終わるまで、出張はないはずだから休みの日には遊んでもらいましょう」

「にいちゃん。にいちゃん。ブランコおして！」

話に区切りがつくのを待っていたかのようにケインが駆け寄ってきた。空気が読めるこの二歳児がすごい。もしかしたら兄バカかもしれないけれど。

「お婆が押すから、二人とも乗りなさい」

「お義母さんお願いしますね」

それからしばらくジャネットに見守られながら、ケインと遊んだ。

希少な薬草や生薬の木に囲まれた静謐《せいひつ》な空間は、高くなった太陽で木陰が短くなった。

……いた。

短く濃くなった木陰に、真夜中に感じ取った黒いものの気配がある。

……良いものと悪いものって何が違うの？　母さん。

洗濯物を干しているジーンも、地面にお絵描きを始めたケインに付き合っているジャネットも、別段それを気にする様子はない。

木漏れ日《こもび》を揺らす風はすでに暖かく、午後からの気温上昇を予感させる。太陽が真上に来たら、それはどこに行ってしまうのだろう？

どうやって部屋から移動して、いつ部屋へ戻るのだろうか。

ケインがぼくの絵を描いた、と言って、地面に枝で描いた歪《いびつ》な丸に手足が生えたものが五つを、自慢げに見せてくれた。

「とうさん、かあさん、おばば、ぼく、にいちゃん」

「カイルの方が大きいから、こっちがケインね」

「ぼくのが、おおきいもん。いっぱいたべるもん」

「それじゃあ横に大きくなるよ」

「にいちゃんよりおおきくなるもん」

「じゃあまだこっちね」

ケインはジーンに言いくるめられて、ぴょんぴょん跳びはねて大きくなろうとしている。

なんだか普通の家族みたいになっている。ぼくがここにいることが当たり前になっている。

ぼくはケインが使っていた枝を拾って、地面に幾つか大きな円を描くとジャンプで円を移動し始めた。ケインもすぐさま真似《まね》をした。

木漏れ日の影にいたそれは、ぼくたちのいる方に移動してきたような気配がする。

木漏れ日をジャンプするように。まるで一緒に遊んでいるように。

……悪いものではないのかもしれない。


「お風呂で泳ぐとのぼせるよ」

帰宅したジュエルに、昨日のぼくと同様に高速洗浄されたケインは、浴槽に入れられるとすぐさま泳ぎ始めた。この小さな生き物は寝ている時と、食べている時以外はずっと動いている。

「今日はケインと遊んでいない時はずっとお婆を手伝っていたんだってな」

「手伝いというか、薬草の乾燥庫や保管庫も魔術具だったから見ていて楽しかったよ」

ジュエルは泳ぐケインを捕まえて持ち上げると、ザブンと湯を溢《あふ》れさせながら浴槽に漬かった。

「魔術具も気になるけど、薬草の始末や仕分けの仕方も面白《おもしろ》かったよ」

「うーん。まだ字は読めないよな。お婆が薬草の図鑑を持っているんだが……」

「読めないけど絵でわかるのもあるだろうから、見てみたいな」

「ぼくもみたい」

「本を丁寧に扱えないと見せられないな」

「ぼくはていねいだよ」

「じゃあお婆に自分で頼んでごらん」

自分で交渉しろということか。本は貴重品なのに、こんな子どもに触らせてもらえるだろうか。

「おばばはいいっていうよ」

「そうだといいな」

ジュエルはのぼせかかっているケインを浴槽から上げると、昼寝時がいいぞ、と小声で言った。

ぼくは兄らしく浴槽の縁に摑《つか》まって腕立ての要領で体を上げると、足から自力で出られた。

脱衣所に向かったケインはぼくへの対抗意識からか、濡《ぬ》れたまま自分で着替えようとして寝間着を濡らしてしまいジュエルに二度手間をかけている。ぼくは手早く着替えると、ケインに替えの寝間着を用意して頭を入れる場所をさり気なく誘導した。

「上手に着替えられたな」

ケインはジュエルに褒められて、満面の笑みでズボンと格闘し始めた。

「子どもの少ない村だったのに子どもをあしらうのが上手いな」

「ケインの生態が面白いから観察しているだけだよ。本当は手を貸し過ぎたら駄目かもしれない」

「確かに何でもかんでも手を貸すのはよくないだろうが、着替えの手伝いくらいはいいだろう」

ジュエルも子育てはよくわかっていないようだ。出張が多そうだし、家事育児の経験が豊富じゃないから家電の三種の神器である洗濯機がないのに食洗機を作ってしまうのだ。

魔術具なんてぼくには作れないから、何かヒントになるものでも作れないかな。

「暇ができたらでいいのだけど、玩具《おもちゃ》を作ってほしいんだ」

「暇がなくても作るぞ。何が欲しいんだ？　カイルはもう少し子どもらしく遊ぶことも大切だよ」

ケインがズボンに足を入れる穴と格闘している間に玩具の詳細を説明した。ジュエルは簡単だから夕飯前にできると宣言して実行してしまった。

夕食前に遊び始めようとして女性陣に怒られるのは予定調和で、ぼくは夕食で寝落ちをすることもなく、後片付けを終わらせた。

家族全員が居間のテーブルを囲んで真剣に回り続ける独楽《こま》を注視した。

「体からじんわり滲《にじ》み出ている極小の魔力で独楽を回し続けるのね」

ジュエルに頼んだのはドングリに楊枝《ようじ》を刺す簡単な独楽だったのに、素材や大きさを変えて十個も作ってくれた。回すのは手動だが、同じ動作が継続する魔法陣を独楽に描いてもらったのだ。

紐《ひも》を巻いて回すタイプはぼくもケインも手が小さくて紐さえ巻けなかったので、お手本に回してくれたジュエルの独楽を皆で観察している。独楽は安定した回転姿勢になると、全くぶれることなく回り続ける。

「成功だろう?」

「とうさんすごい!」

「上手に回せばこのくらい回り続けるものなのかしら?」

「魔法陣を描いていないものも用意しておくべきだったね」

ジュエルの独楽回し名人疑惑が出てくる。

「大小いろいろ試してみよう」

「魔法陣を削り取ってみましょうよ?」

「重心がずれるだろ」

「そのくらいできるわよ。私を誰だと思っているのよ」

大人たちが喧々囂々《けんけんごうごう》している間にドングリタイプを回してみた。三歳児の手ではなかなかうまく回せなかったが、数回チャレンジするとコツを掴んだ。ぼくが回した独楽は軽快に回転したが、すぐに倒れてしまった。

ケインは成功しなくても諦《あきら》めずに、独楽をつまんでは投げている。

「楊枝を長くして掌《てのひら》全体ですり合わせて回せば、ケインでもできるかな？」

身振りもつけて独楽の回し方を説明した。

「おう、作ってくるよ」

会話の流れが剣呑《けんのん》になっていた中、ジュエルがサッサと撤退していった。

ジーンとジャネットもドングリ独楽を回してみると、倒れることなくいつまでも回り続けた。

「ジュエルの描いた魔法陣だから血縁者と配偶者以外は効果を発揮しないのに、ちょっとうっかりしていたわね」

「大人の方が魔力量も多いからじゃないの？」

「まあ、ないとは言い切れないけれど、生活魔法の延長である初級魔法陣しか日常生活では認められていないのよ。それにも誤作動防止の魔法陣の組み込みが義務化されていて、自分の魔力や家族のように似ている魔力じゃないと作用しない鍵《かぎ》のようになっているわ。鼠みたいな小さい魔力で誤作動しないようによ。誰でも使えるようにするなら魔術具にする必要があるのよ」

「ジュエルならすぐに作れるだろう」

「それなら大きな独楽になってしまうよ」

「私は魔法細工師よ。縮小化なら任せてよ」

ジーンが張り切ってくれるのは嬉《うれ》しいが、どうせ大きくなるのなら別のものを作ってほしい。

「雑巾《ぞうきん》と、細長い紐と、薄くて軽い板が欲しいな」

ぼくは左右の掌を並べて欲しい板の大きさを説明した。

「ポンポン話が変わるけど……面白そうだね。何を作る気なの？」

「竈《かまど》の薪《まき》を薄くしてあげるから待っていて」

ケインが独楽を投げ続けている間にジャネットが麻紐とハンカチを、ジーンが薄い板を用意してくれた。

おしぼりのようにハンカチを丸めたものに、飛行機の翼に見立てた板を麻紐で結びつけ、麻紐の片方を犬のリードのように長くした。

「これは何だい？」

実演した方が分かりやすいので、でき上がったそれを頭の上でぶんぶん回して見せた。

「まあ、鳥の玩具ね」

「なんだ。独楽回しは終わったのか」

楊枝の長い独楽を作り直してきたジュエルが話に参加してきた。

「魔法陣だとカイルが回し続けられないから、魔術具を作ろうと話していたら、カイルが鳥の玩具を作ってくれたのよ。回り続けるなら鳥の玩具も面白そうね」

「安定したら紐が外れる方がいいね」

「オナガドリのように綺麗なしっぽにしちゃう？」

「しっぽを振り回すのは嫌だよ」

「お楽しみ中申し訳ないが、そろそろ子どもは寝る時間だよ」

物作りに夢中になるのはジュエルとジーンで、ジャネットは冷静に家事をこなしていくタイプのようだ。


「私は二つ作ったのよ。うちの子は二人なのよ。なんで一つ大人が職場に持っていくのかな」

青空の下、ジーンが盥に足を突っ込んで洗濯しながら地団駄《じだんだ》を踏んだ。

「男の子が三人いるからだよ」

鳩に紐をつけた玩具を頭の上でグルグル回しながらジーンの愚痴に付き合っている。

「まだ試作品であちこちぶつけるだろうから、外見に拘《こだわ》ってもいないの。私の許せる品質じゃないのに。もう」

紐を手放したら遠心力で飛んで行ってしまうかもしれないと思うと、怖くて手を離せない。

「ぶつけたり飛んで行ったりしてもいいの？」

「玩具なんだもの想定内よ。うちの中でやらなければいいのよ」

「遠心力を使う魔術具なら先に洗濯機を作ってもらえばよかったな」

「エンシンリョクって何？」

「物体が回る時に外に飛び出そうとする力が働くんだよ」

ぼくはそのまま紐を手放し鳩の玩具を飛ばして説明するつもりだった。だが、鳩はぼくの頭の上で不自然に羽をバタつかせながらグルグル飛び回っている。魔術具としては成功だ。

「飛んだ……」

「当たり前でしょう。飛ぶように作ったんだもの」

魔力が切れて頭に落ちるのが嫌なので、少し離れて観察することにした。

ジーンは、羽の動きが不自然だ、と嘆いているがこれ以上滑らかに羽ばたいたら本物そっくりになるだろう。どうせ作るなら最上級を目指すものよ、と息巻いている。

鳩は旋回しながらゆっくりと高度を下げていく。

もっと飛べ‼

強く念じてみると鳩はわずかに上昇したが、すぐに力をなくしたかのように墜落した。

「今、何したの？」

「もうちょっと飛ぶように念じてみた」

「魔力残量が少なくなったら高度が下がる設定にしていたのに、上がって落ちたのはカイルの干渉があったからなのね。術者の指示の方が設定より優先されたのか」

木製の鳩は落ちた衝撃で頭の塗装が少し剝《は》げただけだった。

「もう一度、旋回の範囲を広げて飛ばしてみましょうよ」

今度は鳩の紐を力いっぱい振り回し、大きく鳩が旋回することを意識しながら手を放した。

遠心力を得た鳩は庭の畑と垣根になっている魔木を越えて真っすぐ飛んでいってしまった。やらかした。

曲がれ。戻ってこい‼

鳩は大きく旋回し高度を下げながら戻ってくるが、このままの軌道では生け垣にぶつかる。よけろ‼

生け垣すれすれで高度を上げて直撃は回避できたが、魔力切れであえなく墜落した。

肩を落として鳩の回収に向かえば、生け垣に黒いのがいた。昨夜もいつのまにか部屋の片隅に戻っていた。昼間は外の木陰が居場所なのかな？

鳩を拾ってジーンのいる洗い場まで戻った。

「今度は何をしたの」

「力み過ぎて遠心力の方が強くなったみたい。鳩は壊れていないから大丈夫だよ」

「同じ動作の継続と高度をゆっくり下げる設定しかしていなかったのに、カイルの意思で軌道を変えたのね。後でバラして確認するわ」

すっかり洗濯がそっちのけになってしまったので、手伝いながら洗濯機の原理を説明した。

「洗い、脱水、すすぎを遠心力でやるのね。乾燥は温風で回すから、面倒なのは温風だけで後は独楽の原理を応用すれば魔力をあまり使わずに使用することができそうね」

「玩具の改良より先に洗濯機を作ろうよ」

「設計図を描いてみるね」

「できるの？」

「一応、初級魔術師ですもの。生活魔法の魔術具くらいは作れるわ」

「仕事は魔法細工師なのに？」

「生活魔法の魔術具は魔力の無駄遣いだって、嫌われているから需要が少ないのよ」

「圧倒的に時間の節約ができるからその分他の仕事ができるのにね」

基本的に魔術具を動かせるほどの魔力持ちはお貴族さまばかりだけど、生活魔法の魔術具を使わず人を雇って済ませてしまうらしい。魔力が少ない平民でも使用できる、省魔力の魔術具の制作はジュエルの得意分野で、大きな実績を上げたご褒美《ほうび》に、垣根のずっと奥までの広大な敷地の家を領主さまから下賜されたとのことだった。

「今回の発見は他の人には秘密にしてね。うちは騎士団のお客さんが多いのよ。北門から近い上に敷地も広いでしょう。馬水槽《ばすいそう》まで用意したら寛《くつろ》いでいく人が増えてしまったのよ。しまいには厩舎《きゅうしゃ》まで建ててしまったのよ。狩りで仕留めたお肉をくれたり、ケインと遊んでくれたりするいい人たちなの。時々うちでご飯も食べていくから、お風呂が離れで良かったわ」

清掃の魔法を使っても体臭がキツいとは言えないでしょう、とジーンは笑いながら言った。

洗濯を干し終わって家に入ると、薬草の仕分けをするジャネットの傍《かたわ》らでケインは楊枝の独楽を六つも回し続けていた。なかなかの集中力だ。

ジャネットが図鑑を見せながら文字を教えてくれたり、ジーンは生活魔法の魔術具の設計、改良に励みつつ玩具を作ったり、ジュエルも騎士たちを連れて来て庭にジップラインや足を踏み外せば池に落ちるようなアスレチック施設を造ったりしてくれた。

ケインも楽しそうにぼくの勉強にも遊びにも張り合ってきたので、勉強はともかく、アスレチックではパルクールのような動きを見せるようになった。

そんなすごい動きをするケインの足元の影には黒いのがいつもいた。

ぼくはこの家に来た三日目の晩には、黒いのがいても恐怖を感じることはなくなった。

最初の晩は部屋の隅にいたのに、二日目の晩にはベッドの下、三日目の晩にはぼくとケインの間で川の字になって寝ているのだから緊張感なんて全くなくなってしまった。

日中、黒いのはケインの近くにいることが多く、活発なケインが転びそうになっても立て直すときは守っているように必ずそばにいた。

大きさは自在に変えられるようで、影のある所にはどこにでも移動していた。新しい魔術具の実験では大抵そばにいてどことなく家族を見守っているようだ。

そんな黒いのが今はどこにいるのかを探るのがぼくの日課になっていた。

もうすぐ三歳になるケインが文字に興味を示したので、木札に数字や文字をたくさん書いたものを作ってもらい、組み合わせて単語を作って遊んでいたら黒いのが当然のようにそばにいた。

黒いのも文字を覚えたらコミュニケーションがとれるかな?

寝る前にそんなことを思いついて、木札を『きみはだれ』と置いてみた。

起きたら木札が動いていた。

『こども』

普通は誰と訊かれたら名前か所属を述べるものだろう。未知との遭遇に言葉が通じたと喜ぶべきなのに、なぜかがっかりしてしまった。

『おなまえは？』と並べても返事はいつ来るのだろう。明日の朝なのか？

ケインが起きると、木札を見るなり昨夜の続きとばかりに『ぼくはケイン』と並べている。これでは誰が並べたのかわからないじゃないか。

ケインが寝てからじゃないと、木札でのコミュニケーションは無理だろう。

実体がなさそうなのに、物を動かせるのだろうか？

「………イル……。……ねえ、カイル、どうしたの？」

考え事をしていたらジーンが様子を見に来ていた。

「おはようございます。ケインがだいぶ字を覚えてきたので、この辺りに黒板があったらケインも書く練習ができるし、ぼくも思いついたことを書き留められるかなって」

ケインが並べた木札を得意げに自慢している。

「ちょうどベッドが二人で寝るには狭いかと思っていたから、二段ベッドでも入れようかと考えていたのよ。ジュエルがまだ出勤前だから改装の相談をしようね」

ジーンに手を引かれて部屋から出る時にちらっと木札を見たら文字が変わっていた。

『しらない』

ケインはぼくより先に部屋を出ている。
黒いのが木札を動かしたのか？

日記と言っても毎日書かなくていい。カイルの様子やケインのちょっとした成長を思いついた時に書いてくれ。騎士団のカイルの事情聴取は断った。辛いことを思い出させたくないんだ。

＊追伸

一、ラインハルトさまが鳩の玩具に興味を示した。一つ譲ってもいいかな？

二、鳩の飛行実験で王都にいる妹の家の窓ガラスを割った。弁償はしたが何かお詫びの品を見繕ってくれないかい。

ジュエル

カイルはまだ時々虚《うつ》ろな目でブツブツと何か言っていることがあるわ。事情聴取で悲しい出来事の記憶をほじくり返すのには私も反対よ。ケインは自分の名前を読めるようになったわ。

＊追伸

一、鳩はまだ仕上がっていないから駄目よ。ラインハルトさまがうちに来るときは事前に鳩で知らせてね。

二、ジャニスには洗濯機を送るから配送の手配よろしくね。

ジーン

目が覚めると部屋中を点検するのが癖《くせ》になった。改装したての部屋に鎮座する二段ベッドは嬉《うれ》しい。ケインが一緒の安心感がありながら、ぼくだけの空間ができたのだ。

新しく買ってもらった黒板は昨日ケインと遊んだままで変化はない。軽石は動かせないようだ。

ただ、二段ベッドの下に置いた木札が動いていた。

昨晩黒板に『いつも何しているの』と書いたら木札は『けいんのそばにいる』と動いていた。それは知っている。

『どうして？』と並べ変えてから、ケインを起こして朝の支度《したく》を済ませた。

毎朝、食後にジャネットの薬草の仕分けをじっと見ていると、少しずつ手順を教えてもらえるようになった。素材を根、茎、葉、と分ける際小さなナイフを使うのだが、一人でナイフを持つのを許されるとジャネットに認められたような気がして嬉《うれ》しかった。

指先に意識を集中して魔力むらを見つけ切除すると、素材の魔力量が均一になった。ジャネットに確認してもらうと、上出来だ、と褒められた。

他の作業も手伝いたかったが、ケインが眺めている魔獣図鑑はジュエルの上司のものを借りているから汚さないように見ていてくれ、と頼まれた。

ケインは書見台からやや離したテーブルで、木札に木炭を使い、へたくそな字で魔獣の名前を書き写して、勉強した気分を満喫している。夢中になっているうちに、うっかり本を触って汚してしまいそうなので、最近増築してくれた離れの遊び部屋に移動することになった。

わざわざ離れを建てた理由は至って単純だった。

夕飯の後にジュエルが新作の玩具《おもちゃ》の魔術具を披露することが恒例になり、ぼくも一緒に意見を出し合って、トロッコの玩具を製作した。独楽《こま》の原理から省魔力で動くモーターを作製して、レールは木札に線路を描いた簡単なものを、トロッコが通過したら進路を延長するように継ぎ足した。ケインが喜んでテーブルの周りを走り回って延長させるので、すぐにテーブルから落ちてしまった。

そうなると床に寝そべって遊びだすから、専用の小屋を建てようということになったのだ。

ジュエルはかつて、王都まで被害を及ぼした魔獣暴走の復興事業で、建築資材に魔法陣を施し仮設住宅を一日で百棟も建てたことがある。その功績で一代貴族として爵位を賜っていた。王都に来ていた辺境伯領主がジュエルを気に入り専属魔法技師として引き抜いた際、貴族街に屋敷を賜ることになったが、ジュエルが辞退した結果、住宅街の外れの広大な土地を下賜されてしまったのだ。

有り余る土地に簡素な小屋を建てるはずだったのに、うちによく遊びに来るジュエルの上司が、どうせだったら、と言って設備をどんどん増やしてしまった。

ジーンが小声で、ラインハルトさまは領では上から数えた方が早い地位の重要人物だ、と教えてくれた。本人は至って気さくな人物でぼくたちと一緒になって床に這いつくばって、傾斜をきつくしようとか、カーブの半径はなどと呟《つぶや》きながら床に雑巾《ぞうきん》を重ねて傾斜を作っていた。

そうして、ぼくとケインの誕生月が同じだったので、誕生日プレゼントを兼ねたという名目で完成した離れは、遊び部屋というよりは体育館の規模になった。

子どもが乗って遊べるトロッコが常設され、舞台に上がっていく階段に敷かれた線路は、傾斜角度を変えられる仕様になっている。トロッコの玩具本体も最初は押して回していたモーターは紐《ひも》を引っ張るだけで済むように改良された。

こうなるとジュエルのヘンタイ上司のように床に這《は》いつくばる上位貴族だけでなく、ジュエルの非番の同僚や騎士団の人たちも子どもを連れて遊びに来るようになった。調子に乗った騎士たちが遊び部屋に面した庭をアスレチックの規模を超えた自分たちの訓練場に改造してしまい、危ないので付添人なしの子どもの利用はご遠慮させてもらう事態になってしまった。

今日は小雨になったけど、離れまでの渡り廊下には屋根を設置してあるので濡《ぬ》れずに移動できる。離れからはキャッキャッと子どもたちの声が聞こえるからもう来客がいるようだ。

ジュエルの同僚や騎士団の子どもたちはお貴族さまばかりだ。遊び部屋では身分の上下はない、という規則は作ってもらったが、遊び部屋を卒業しても人生は続くのだから言葉遣いには気をつかう。服装や付添人の人数から要注意だ、とわかる女の子がいるのだ。

今日もいた。

キャロラインお嬢さまと呼ばれているその子は、飾り気の少ない簡素なドレスなのだが生地に光沢があって一目で上等だとわかる装いだ。金髪碧眼の美幼女なんて物語の令嬢そのものだ。三人もいる付添人は全員女性で、トロッコに乗るお嬢さまに並走する動きには無駄がないから護衛の女性騎士なのだろう。この子が来るときに遊びに来る子は騎士の子どもが多く付添人は体格が良い。お嬢さまの護衛を強化しているようだ。

ヘンタイ上司の親戚の子どもだろう。自分の子どもは遊んでくれる年ではなくなった、と言っていたから、孫かもしれない。お貴族さまは魔力量が多いから老化が遅く外見で年齢がわからない。

「ケイン。今日はいい子にしていてね」

「いつもいいこだもん」

家の遊び部屋での態度で不敬に問われることはないだろうが、正直者のケインの発言を予想すると心臓に悪い。

取《と》り敢《あ》えず絡《から》まれないように、兄弟で双六《すごろく》をすることにした。ケインはサイコロの数字は理解できるし、簡素な領地の地図に名産品や出没する魔獣を描いてあるわかりやすいものなので、読める文字が増えてきたぼくたちにはちょうど良い遊びだ。

二人なかよく隅っこで遊んでいたはずなのに、ケインが魔獣に摑《つか》まって一回休みになる度に豪快にやられた演技をするものだから、気が付けば子どもたちの耳目《じもく》を集めることになり、全員が参加したがってしまった。

駒の色が気に入らない、絵が汚い、などと散々酷評されたが、ゲームを始めるとすぐに皆のめり込んだ。それでも運の要素が強いので接待ゲームにならないから不貞腐《ふてくさ》れてしまうお嬢さまにケインが当たり前の一言を言ってしまった。

「ダダをこねるなら、さんかしないで」

そうだよね。自分がいつも言われていることだもの、我慢できないよね。

「六がでるから六マスすすめるの、キャロちゃんは二をだしたから二マスしかすすめないの！」

勇者だな、ケイン。付添人の目が笑っていないぞ。

「キャロはろくがいいの！」

「サイコロのめもわからないの？　いっしょにかぞえてあげようか？」

あんまり煽《あお》るなよ、ケイン。胃が痛くなる。

「わかるもん。キャロはろくがすきなの！」

「あとで六をだすれんしゅうをすればいいから、いまは二だよ」

「わかった。あとでれんしゅうするね」

「だから、まじゅうにおそわれて、一かいやすみだよ」

「いや！　キャロはやられないもん!!」

「……じゃあ、魔獣に襲われても休まない強い体を後で作ろう」

ケインを見習ってぼくも軽く流すように促したら、その後皆がこの技を使うようになった。

双六遊びが終わってもお嬢さまはケインと一緒になって、ケイン作の魔獣の木札で遊び始めた。

いびつな黒い丸の下に魔獣の名前を書いてあるだけの木札をケインが一生懸命説明すると、まだ文字を読めないだろうお嬢様はさも自分が読めるかのように頷いている。二人は楽しそうに遊んでいるが、木札が少ないので取り巻きの子どもたちは参加できない。

手持無沙汰の子どもたちに声をかけた。

「暇でしょう？　縄を作るのを手伝ってよ」

縄跳びを作ろうと思って、麦わらをたくさんもらっていた。付添人も合わせたら結構人数がいるので大縄跳びも作ってもらおう。

それぞれの子どもとその付添人に作り方を教えると、ぼく専用のお道具箱を取り出して、厩舎の上で飼育を始めた山繭蛾《ヤママユガ》の処理済み蚕《かいこ》で糸を紡《つむ》ぎ始めた。ジーンに頼まれていた刺繍糸を作るのだ。

「私たちのことをいいようにこき使っていませんか？」

お嬢さまの付添人の一人に、貴族を顎《あご》で使うな、と釘《くぎ》を刺された。

「自分たちで遊ぶものを自分たちで作るだけですよ」

「遊び道具なのですか？　あの縄が？」

「でき上がったらわかりますよ」

「自分たちで作っていいのなら、あの双六に絵を描いてもよろしいでしょうか？」

お嬢さまのもう一人の付添人が、お嬢さまが遊ぶものに品格を出さなくては、と息巻いた。

「いいですよ。絵具と筆の入った道具箱があそこにあります。使ってください」

ぼくの返答に縄作りに苦言を呈した付添人が言った。

「麦わらならいざ知らず、高価な絵の具を子どもの判断で使用するのはどうかと」

魔獣の木札遊びに飽きたケインとお嬢さまがやって来た。

「ハルトおじさんがつかっていいって、くれたんだもん。いいよ」

ケイン。ハルトおじさんは確かにそう呼んでほしいと言ったけれど、本当は名前を呼ぶことさえ烏滸《おこ》がましいほどの上級貴族にして、父親のヘンタイ上司を人前で気安く呼んではいけないよ。

「こっちにまじゅうのえをかいて」

「お嬢さま。魔獣はお手本がないと描けません」

「そろそろ縄が仕上がりそうだから、縄跳び遊びをしませんか？」

ぼくは話題をそらすことで、癇癪《かんしゃく》を事前に防ぐ作戦に出た。

ぼくの魔力だけで紡いでいる糸を片付けて、縄作りに合流した。

でき上がった縄はしなりが足りなかったが何とか様になっていた。

初めての大縄跳びは難易度が高いので、付添人たちに縄を回転させずに蛇のようにしてもらい、足に当たらないように跳ぶ練習から始めた。お嬢さまの付添人は絶妙に足に当たらないように調節しているようで、こんな接待遊びをしていたらお嬢さまの自制心は育ちにくいだろう。

ぼくも一人用の縄跳びをくねらせてケインに跳んでもらった。

「これができたら次はゆらゆらに挑戦しよう」

今度は自分で一人用の縄跳びを波のように揺らして跳んでみせた。

「ゆらゆらができるようになったら回して跳ぼうね」

縄を回してピョンピョン跳んでみせると、みんなは大縄跳びで跳ぶのを止めて、一人用縄跳びの練習を始めた。

「最終的にはみんなが大縄で跳ぶのですか？」

お嬢さまの付添人で騎士っぽい人に訊《き》かれた。説明するより見せた方が早いので、付添人の二人に大縄を回してもらい、飛び込んで数回跳んでから大縄を出るところまで実演した。

練習の手を止めてみんなが拍手してくれた。凄《すご》いことをしたような尊敬の眼差《まなざ》しが恥ずかしい。

「これは騎士団の練習にも取り入れたいですね」

そんな大げさなものじゃないよ。

気恥ずかしさを誤魔化《ごまか》すように一人黙々と二重跳びの練習をした。気持ちに体がついていかず、縄を素早く回せなくて引っ掛かった。

「さっきはキチンととべていたのに、なんでこんどはとべないの?」

ぼくよりやや大きい男の子が話しかけてきた。

「違う跳び方の練習だからだよ」

「おれはふつうにとぶのもできないぞ。なんでだろう?」

「ちょっと跳んでみせて」

男の子は縄を回して跳んで引いてまた回す、そのタイミングが全くできていなかった。

「手拍子にあわせてジャンプだけして……そういい感じだ。そのまま続けて」

ぼくは男の子と向かい合うと、同じタイミングでジャンプしながら縄を回した。三回跳べたのは良かったが、お互いに近づきすぎてぶつかってしまった。進行方向を同じにするべきだった。

「やったあ。とべたよ!」

「今度は回っている縄が見えるようにぼくの前に立ってね」

跳ぶ向きをそろえると難なく連続して跳ぶことができた。

「跳んでいるときに縄を引き抜いて回す動作ができれば大丈夫だよ。ゆっくりやってみよう」

男の子は回す跳ぶ引く、と呟《つぶや》きながらゆっくり試していると数回の練習でできるようになった。

「ひとりでとべたよ。ありがとう。おれのこと、ボリスってよんでいいぞ」

上から目線で物を言うこの子は親がきっと偉い人なのだろう。

「ぼくはカイル。あっちが弟のケイン」

「しってるよ。ここんちのこだからおぼえているよ。ほかのこはキャロおじょうさましかおぼえていないよ。まちがえたらおこられそうではなしかけにくいんだ」

「ここに来る子に名札を付けるようにしようかい？　文字を覚える練習にもなるよ」

「おまえ、あたまいいな。おれはまだスラスラよめないから、あにきたちにバカにされるんだ」

「お勉強の道具も頼もうかい？」

ボリスは首をブンブン横に振って、いらない、と言った。

縄跳びはそれぞれのレベルで練習ができるので子どもたちに大好評だったが、体力のない子から早々に離脱し始め、ケインお手製の魔獣の木札で遊べなかった子が見せてほしいと言ってきた。

キャロお嬢さまは聞き逃さず、魔獣の木札で遊ぶようにケインを誘うと、木札を並べて本物の魔獣に見立てて遊び始めた。

体を使って遊んだ後におとなしめの遊びを始めると、お腹《なか》が空いて機嫌が悪くなるのが幼児だ。

お嬢さまの付添人の中で一番細かくお世話をしている女性のそばに行き、状況確認をした。

「お腹が空くと些細《ささい》なことで喧嘩《けんか》が始まります。お弁当の用意はありますか？」

「午前中で帰る予定でしたからございません。あのように夢中で遊んでいらっしゃる様子ですとお声がけしてもすぐにご帰宅なさるとは思えませんが、馬車の準備はしておきます」

楽しく遊んでいるのを止めて帰ってもらうのは難しいか。

本音を言うとさっさと帰ってもらって、子ども部屋の木札で質問した、今はどこにいるのか知れない黒いやつの返答を見たい。そんなことを考えていたら、ケインとお嬢さまが何やらもめ始めた。

「はいいろおおかみは、ひいたちより、つよいもん」

「火鼬《ヒイタチ》は一匹でも火炎魔法を使いますが、灰色狼《オオカミ》は一匹では氷結魔法を使えません」

騎士っぽい女性が正論を言うのだが、お嬢さまにはそれが煽りに聞こえてしまい、ムキになって、灰色狼は強いと連呼している。

「はいいろおおかみのきふだをたくさんつくったら、つよくなるよ」

「つくってよ！」

「もうあまっているきふだがないもん」

「お嬢さま。今度来る日までに用意していただきましょう」

お世話の細かい付添人が間に入ってくれた。

「こんどっていつなのよ！」

「今度は奥さまがお決めになった日です。また来るお約束をなさればよろしいでしょう」

「……まだあそぶ。かえらない」

「キャロがやくそくをまもればまたあそべるけれど、おこられたらこられなくなるよ」

お嬢さまを呼び捨てにするなよ、ケイン。

「また、あそびにきてもいいですか？」

お嬢さまは小さな両手を胸の前で握りしめて言った。仕草も表情も可愛《かわい》い。

「またあそびにきてください。やくそくです」

ケインとお嬢さまが丁寧に次の約束を取り付けてその場は収まった。


昼食後のお昼寝で子ども部屋に戻ると木札は動いていた。

『たのしいから』

ぼくは二段ベッドの下の段で横になるケインの背中をトントンしながら木札を入れ替えた。

『どうやって移動するの？』

気疲れのせいかぼくも、ケインの隣で寝てしまっていた。

目覚めると木札が動いていた。

『くらいところにもぐる』

具体的にどうやっているのかがわからない返答だ。答えやすい質問にしなくてはいけない。

『どこにでも行けるの？』

お昼寝が終わればいつもはジャネットの薬草畑のお手入れを手伝うが、今日は雨降りなので、最近具合が悪そうなジーンの代わりに夕飯の支度の手伝いをジャネットとする約束をしていた。

よくお手伝いをする良い子に見えるかもしれないがぼくには野望があるのだ。

朝のお手伝いの後ジャネットに頼んでいた鶏ガラを丁寧に洗い、玉葱、人参、生姜、大蒜《ニンニク》、干し茸《キノコ》を大なべに入れてじっくり煮込んでもらっていたのだ。

ケインは昼食のスープだと思っていたが、晩までじっくり煮込むのだ。

竈《かまど》の灰を水に浸し上澄みを掬《すく》って、かん水の代用にするのだ。偉そうなことを言っても作るのはほとんどジャネットだった。

元パン屋のお嫁さんなんだから小麦を捏《こ》ねるのは任せてくれ、と言うと腰の曲がったお婆《ばあ》ちゃんとは思えない力で体重をかけて手際よく仕上げてくれた。醬油がないのでチャーシューまで塩味だし、メンマもないが、葱《ネギ》はケインの分だけ減らして、なんちゃって塩ラーメンができた。

味はなんちゃってではなく、鶏白湯《パイタン》にもちもち食感の麵がよく合う本格的な塩ラーメンだった。

ぼくがスープ皿を両手で持ってスープを飲み干した時にジーンがギョッとした顔をしたけれど、ジュエルはすぐさま真似《まね》をしてくれた。

ぼくが満足の一杯だったと呟いた頃にはみんなスープまで飲み干していた。

夕食の後もラーメンの話で持ち切りになり、どんぶりやレンゲを制作してくれることになった。

冬場の騎士の遠征には温かいスープが有難《ありがた》いはずだから持ち運べると良いのに、と父さんが言うので給食のお味噌汁を運ぶ容器を思い出して説明した。

ケインとジーンは魔獣の木札を綺麗に絵付けして、魔法陣まで仕込んだようで、ケインの一声にテーブルの上の木札がキラキラと光った。

「はいいろおおかみ！　やっちゃえ！」

ケインが灰色狼の木札を三枚に増やすと、小さい氷の粒のような光が渦を巻いて上がった。

「負けないのよ。やれ、火鼬。火炎渦‼」

ジーンの火鼬の木札からオレンジ色の光の粒が渦を巻くが、ケインの灰色狼の青白い光の粒に消されてしまう。

「やったー‼」

カッコいいし、綺麗だけど、これはマズいような気がする。

「このキラキラした魔法はキャロお嬢さまには使えないのでは？」

「「あっ！　遊び部屋では使えない……」」

ケインは他の子どもたちと一緒に遊べないことに気付き眉を寄せ、ジュエルとジーンはぼくを見た後気まずい顔をした。

「木札を置く台を魔術具にしたら、誰《だれ》でも木札を光らせることができるようになるかな？」

「それならできるぞ」

「私が作るわ」

「ジーンは休んだ方がいい。今日も体調がよくなかったんだろう？」

「もう大丈夫よ。でも、ジュエルが作るにしても設計図は先に見せてね」

「馬鹿《ばか》みたいな効果は付けないよ。ちゃんと子どもでも遊べるようにするよ」

「はぁ、全く。玩具は子どもが遊ぶものでしょうに……」

ジャネットは嘆きながら、ぼくに白いチョークをくれた。前に、こんなものがあったら良いな、と話していたのを覚えていてくれたのだ。

「石灰を焼くのが手間だったから、ちょこっと錬金術を習いに行ったんだ。簡単だったから今度は色付きのチョークも作ってみるよ」

ジャネットはケインにも部屋の黒板で使うものだよ、と言い含めて手渡した。

「ありがとう、ジャネット。錬金術ってそんなに簡単にできることなの？」

「初級魔法学校時代に履修して資格は取得していたのだけれど、当時の婆は少し薬を生成しただけで一日中体を動かすのがつらくなるほど魔力を消耗してしまったから、ほとんど使っていなかったのさ。素材の加工をある程度まで手仕事でしてから錬金術で仕上げをしたらそれほど魔力を消耗しないのかもしれない、と気が付いて専門家に相談したんだよ」

「ジャネットは幾つになっても努力をする人で凄いね」

「カイルがいろいろと楽しそうな提案をしてくるから、もっと何かをしようと思えるのさ。カイルが孫になってくれて嬉しいよ」

「ぼくもジャネットの孫になれて嬉しい」

「お婆って呼んでくれるかな？」

「……お婆、ありがとう」

ぼくは自然とお婆に抱き着いていた。ちょっと涙ぐんだのを隠したかったし、これで良いのだ。

寝る前に確認したベッドの下の木札は『どこにもいったことがない』となっていた。この家の敷地から出たことがないという意味だろうか？

明日はケインが教会での三歳の集団登録日なので、みんなでお出かけする予定だ。この家に来た日に街は見たけれど、夕方でお店はみんな閉まっていたから、ちょっと楽しみにしている。

留守中の家や遊び部屋の管理をしてくれる人がいるから気兼ねなく外出できるのだ。

騎士団を引退した馬を引き取った時から家の手伝いに来ている近所のお爺《じい》さん、イシマールさんは、強面《こわおもて》なのに人当たりの良い人で、ぼくたちに気さくに声をかけてくれる。ぼくとケインを馬に乗せてくれたこともあった。

『明日一緒に出かけようよ』と、木札を並べ替えてベッドに入った。


目覚めるといつもとの違いにすぐ気付いた。黒板によろよろとした文字が大きく書かれていた。

『でかけたい』

初めて木札以外でコミュニケーションが取れた。軽石は動かせないけれどチョークならできる。

違いは何だろう？　天然の品と加工品の違いだろうか。

ぼくは興奮していたが、ケインを起こさないように静かに二段ベッドから下りた。

雑巾で文字を消してケインに気付かれないように証拠隠滅を図った。

雨戸を開けていない室内は朝日が隙間《すきま》から差し込んでいるだけで暗く、影が多い室内の気配を探ると、ベッドの下の木札のところに黒いのがいた。

こっちを見ている。多分ね。

『ケインは教会に、ぼくは貸本屋に行くよ。どっちに行くの？』

書き終わるころにはぼくの足元にいた。ぼくの置いたチョークが勝手に動き出した。

『ケインといっしょにいく』

ケインとは後で合流するからその時会える。宙に浮いているチョークを摑《つか》んでぼくも書いた。

『ケインが好きなの？』

『すきがわからない』

黒いモヤモヤに好きを説明するのは難しい。食べ物の好き嫌いなど例に出すこともできない。

『ぼくとケインならどっちが気になるかい？』

『ケイン』と即答された。

『ケインの方が好ましいんだね。好きな人や物を考えると、嬉しい、楽しい気分になるんだよ』

『ケインが好き』

『この家に住んでいる人たちは好きかい？』

『みんな好き。カイルも好き』

『ぼくも君が好きだよ。いつもどこにいるか探してしまうよ』

『しっている』

『他の人たちが気付かないのはどうしてだろう？』

ケイスニと
いっしょに
いく

『わからない』
『説明しにくいから君のことを他の人たちに秘密にしていてもいいかい？』
『いいよ』
『ありがとう。もうケインを起こすから雨戸を開けるよ』
『いいよ』
「また後でお話ししよう」
声に出して言ったのに、黒板に『いいよ』と書き込まれた。

育児日記

My life in another world is a bumpy road ahead.

カイルがうちに来てからケインの発育が早まっている気がするわ。学習能力も運動能力も先日三歳になったばかりとは思えないわ。

ジーン

無理をしているようには見えないから大丈夫だろう。カイルに追いつきたくて頑張っているんだろう。

ジュエル

カイルは四歳になったばかりなのに働き過ぎだね。家族の役に立ちたくて頑張っているのだろう。カイルがもう少し子どもらしく遊べばケインも無理に頑張り過ぎなくなるよ。

ジャネット

四章　街のくらしは刺激的
My life in another world is a bumpy road ahead.

馬車は見ている分にはカッコいいが、乗ると揺れが酷《ひど》く速度も遅く不便なものだった。

ジュエルは貴族階級なので、公的な外出では体裁を整えるため馬車を借りる必要があるらしい。

ぼくとお婆は商業ギルドの前で下車してジュエルたち三人と別れた。

商業ギルドではお婆に面会予約があったようで、入るなり応接室に案内され、薬師部部長と副部長に納品する薬の量を増やすよう要請された。

「ジャネットさんの納品する薬は最近品質が向上しているのに、領内で流通している薬草の品質は下がっている。お孫さんが増えてから何かあるのじゃないかと勘繰る人もいるのです」

「新しい採取地でも見つけられたのならギルドにも報告してほしい。規約違反になりますよ」

「新しい採取地などないよ。カイルは森で育ったから、この年でも薬草に詳しくて、仕分けを手伝ってくれるだけだ。小さな手で魔力むらを探し出して切除してくれるから、品質が上がったのさ。買《か》い叩《たた》かないでしっかり査定をしておくれ」

「この年で仕分けができるのかい。たまげたもんだ。ちょっと見せてもらえんか」

副部長は戸棚から乾燥したニガヨモギを取り出すと、作業台まで用意してぼくの目の前に置いた。

お婆を見やると、やっておしまい、とでも言うように頷《うなず》いた。

ぼくはベルトに付けたポーチから小型ナイフを取り出すと、いつものように指先で魔力むらを見つけては切除し、手早く作業を終えた。

部長と副部長はぼくの手際の良さに驚いていたが、仕上がったニガヨモギを作業台ごと副部長が別室に持ち去った。

「仕分けの作業は引き取った時からできたのですか?」

「いや、教えたからできるようになったんだ。よく手伝いをするいい子だよ」

お婆の孫自慢に照れてしまう。

副部長は粉末にしたニガヨモギの瓶《びん》を手に慌てた様子で戻ってきた。

「最高品質のニガヨモギになっています！　いったいどうなっているんだ!!」

部長も確認してどうやったんだ、とぼくに詰め寄った。

お婆は、採取地で良い個体ばかり採取したから残った悪い個体が繁殖し、魔力むらの多い薬草が市場に流通したのだろう。丁寧に魔力むらを切除すれば品質が上がるのは当たり前だ、と言った。

土地の魔力量が下がっていたわけではないのか、と部長は安堵《あんど》したが副部長は採取者の再教育と薬師に仕分け時に注意するよう徹底しなくてはいけないのか、とぶつぶつ対処法を呟《つぶや》いた。

「問題も解決したようなので婆たちは帰るとするよ」

「納品の増量の件が……」

「老人と子どもを、騙《だま》すように買い叩《たた》いてたくさん働かせるのかい?」

「申し訳ありません。領内の薬師から同じ薬なのに王都出身が作ると高値で買い取るのか、と苦情が多く出たので同じ価格で仕入れさせてもらっていました」

「品質がいい製品の値段が高いのは当たり前だよ」

差額は支払うから納品の量を増やしてほしいと食い下がられたが、お婆はこれ以上老体に鞭《むち》打てというのか、ときっぱりと断った。

諦《あきら》めた部長は、後で弟とお食べ、と言って、飴《あめ》の入った小瓶《こびん》をくれた。

甘いお菓子を家で食べたことはない。ということはとても高価な品ではないか、とお婆を見ると、もらっておきなさい、と言ってくれた。

もっとたくさん薬草を仕分けろという賄賂ではなさそうだ。

「つまらないことに付き合わせたね。その飴玉は仕分けの作業をギルドに教えた手間賃だよ」

お婆はそう言って商業ギルドを後にした。


貸本屋は目抜き通りから外れた路地裏にあり、周囲の建物より修繕が放置されている外装で商売っ気のない店構えだった。

軋《きし》む扉を開けて店内に入ると倒壊寸前のような外見とは違い、内装はそれほど古くは見えなかった。本棚が迷路のように乱立していてよく見えないせいかもしれない。

所々にテーブルと椅子《いす》があるのだが、無造作に本が積み上げられていて整理整頓という言葉とは縁遠い店のようだ。

「おはようさん。セルゲイはいるかい？」

お婆が声をかけながら、本棚の奥のカウンターに向かった。

カウンターの奥に作業場があるようで、奥から貸本屋の店員というより炭鉱作業員のような大男が出てきた。

「おはよう。ジャネット。可愛《かわい》いお孫さんだね。ジャネットの市民カードで借りるなら保証金はいらないから好きな本を選ぶといい」

厳《いか》つい外見だけど幼児を前にすると目尻が下がる優しそうな人だ。

「ごきげんよう。ジャネットさん。賢そうなお孫さんですね。もう文字が読めるのですか？」

本棚の奥から出てきた老紳士は身なりも良くお貴族さまっぽく見えた。

「セバスチャンさまおはようございます。カイルは四歳の孫で、下の三歳の孫は教会へ登録に行っています。二人ともまだ拙いですが読み書きはできますよ」

「おはようございます。カイルです。文字は読めますが、書くのはまだ下手です。家の本は専門書や図鑑しかないので、軽い読み物を探しに来ました」

「しっかりしたお子さんだ。軽い読み物ならこの辺りにあるよ。この騎士物語は短編集で魔獣と戦うお話だから読み易いでしょうね」

無造作に積まれていると思ったがジャンル分けされているようだ。

「ありがとうございます。弟も騎士や魔獣が好きなので、ぼくたちにピッタリです」

「ジャネットさんにお見せしたい希少本があるので、少しお連れしてもいいかな？」

「わかりました。ほかの本も見てみたいので一人でも大丈夫です」

お婆はセバスチャンさまに連れられて本棚の奥に行った。ぼくは小さな脚立を使って本棚の本のタイトルを読んだ。騎士物語に恋愛小説、舞台の脚本もある。娯楽小説があるということは識字率も高いのだろう。

騎士物語をもう一冊選んでから椅子によじ登って座り、短編集を音読し始めた。

カウンターの奥で本の修繕をしているセルゲイさんが、意味の分からない単語を補足してくれたり、理解に困った箇所を聞けば音声アシストのように教えてくれたりしたので楽しく過ごせた。一話を読みきると長編化した別冊があることを教えられたので、結構商売上手なのかもしれない。

お婆が戻ってきた時には三冊の本を選んでいた。

お手伝いのご褒美《ほうび》だと言って全部借りてくれた。

セルゲイさんに丁寧にお礼を言って店を出て、待ち合わせの噴水広場に移動した。

噴水広場にはケインたちが来ていなかったので、先に光と闇《やみ》の神の祠《ほこら》を参拝することにした。

今日は教会登録日ということもあって市《いち》が立っており人の往来も多く、祠には行列ができていた。

ぼくたちは並びながら、噴水前の広場で数十人の子どもたちが輪になって踊っているのを眺めていた。周辺には竪琴や笛や太鼓などの楽器を弾いて帽子に小銭を入れてもらっている大人がいる。

「あれは何の踊りなの？」

「七歳の洗礼式で踊る踊りの練習をしているんだよ。この街の子どもたちは全員踊るそうだからカイルも五歳の登録の後から練習に交ざるといいよ。天気がいい日は誰《だれ》かしら踊っているから、見よう見真似で覚えるそうだよ」

「覚えるそうだよって、お婆は子どもの頃に踊らなかったの？」

「婆は王都の出身だから、選ばれた数十人の子どもたちが外周を踊る眷属《けんぞく》神の役だけしかなかったよ。七大神の役の子はそもそもいなかったから知らないのさ。ここの領地では洗礼式の当日に七大神役をいきなり指名されるそうで、どの神様の役でも踊れるように八種類も覚えないといけないから、みんな真剣なのさ」

輪の中で違う踊りをしている子たちが七大神の役なのだろう。男の子でも天女の羽衣のような薄布を被《かぶ》って女性っぽい仕草《しぐさ》で踊っている。

「当日に配役が決まるってことは男の子が女神様役をやることもあるのかな？」

「男女の入れ替えは当然あるよ。踊らないと市民カードがもらえないから拒否できないのさ」

何の罰ゲームだろう。

この子の七つのお祝いに、のとおりゃんせの歌で、帰りが怖いのは口減らしで行きより帰ってくる子どもの数が減っているからだという説だってある。この町の近隣の村の子どもたちや引っ越してきたばかりの子どもたちまで、踊らないと市民カードが発行されない。戸籍上は生きていないことにされるのと同じだ。五歳で仮登録された子が七歳で戸籍上消えてしまう……。これでは何が何でも踊らなければいけないではないか。

「ジュエルもジーンも王都出身で、教えられないから時々見学に来ようね」

考え込んでしまったぼくにお婆が提案した。考えても仕方ない。踊って覚えるしかないだろう。

「おーい。カイル！」

列の後方に並ぼうとしていたボリスに声をかけられた。

「カイルもここでまちあわせなのかい？」

「うん、ケインとね」

ボリスも妹も三歳の登録をするらしく、待ち合わせを噴水広場の屋台にして昼食も済ませてしまうようだ。

「いちでなにをかってもらったの？」

「まだ来たばかりなんだ。貸本屋さんで本を借りていたんだよ」

「うわぁ。もうほんがよめるんだ。うちのかあさんにはいわないでね。べんきょうしろってうるさいから」

そこへちょうどボリスの母がボリスを追いかけて来たようだ。

「ボリス！　お友達の前で言葉が乱れていますよ。いつもボリスがお世話になっています。母のミレーネと申します。ご両親にもご挨拶《あいさつ》がしたいのですが、どちらにいらっしゃいますか？」

光沢のある高級そうな生地のドレスの女性がボリスの母だった。

「父と母は弟の教会登録に付き添っています。ぼくは祖母とここで待ち合わせをしているのですが、参拝の順番に近づいてきたようなので終わってからご挨拶に伺います」

「まあ、順番が来てしまったのですね。神々へのご挨拶が先になるのは当然です。私たちはあちらのテーブルを予約しているので後ほどご挨拶いたしましょう」

お貴族さまは屋台のテーブルを予約して利用するものなのだろうか？　常識がわからない。

「後ほどお願い致します」

ぼくは会釈をして、ボリスたちと話している間に列の先に進んだお婆を追いかけた。

「あの方はこの辺境伯領の騎士団の副師団長の奥さまだったかしら。肩書がお変りになられているかもしれないから、迂闊《うかつ》に役職名は呼べないね」

お婆はジュエルが親しくしている方々だから昼食は一緒になるだろうけれど、気は使わなくていい、と言った。


お婆と参拝を終えるとケインたちと合流できた。

ボリスの家族に挨拶すると屋台飯を一緒に食べることになった。

見た目は美味《おい》しそうなステーキや豆の煮つけだったが、硬いしこぼしやすいので子どもたちにはきつかった。味もしょっぱいか酸っぱいかではっきりしており、美味しいジーンの料理を食べ慣れている身には辛《つら》かった。

ケインも食が進んでいなかったが取り分けられた分は何とか食べきろうと頑張っていた。

ボリスと妹のミーアは気にすることなく、こぼしながらもモリモリ食べていたし、男性陣も山盛り食べていた。

「大角鹿のお肉は嫌いだったかしら？」

適当に選んだからごめんなさいね、と言うミレーネさんにジーンが子どもには大きいお肉だから手を付けていないだけで二人とも大好きだ、と言った。

ミレーネさんはぼくたちにテーブルの下に手を降ろすように指示すると、掌《てのひら》をあわせて何やら呟《つぶや》いたと思ったら、皿の上のお肉がサイコロステーキになっていた。

魔法使いだ！

ボリスとミーアは慣れているのか驚かないが、ぼくとケインは拍手をして喜んだ。

「ありがとうございます。これで食べやすくなりました」

お礼を言って口に入れた大角鹿の肉は、焼き過ぎで硬く塩辛く、飲み込みにくい状態なのは変わらなかった。ジーンのスパイスの効いた肉汁溢れる焼き加減のステーキが脳裏に浮かんだが、干し肉よりは食べやすい、と自分に言い聞かせて飲み込んだ。

「二人ともお行儀がいいのね」

服を汚さず黙々と食べるぼくたちにミレーネさんは感心しながら、ボリスの態度が最近悪いことをこぼし始めた。

男性陣は山盛りあった肉をあっという間に食べきって、午後から仕事に戻ることをぐずるジュエルをボリスの父のマルクさんがなだめていた。

マルクさんはぼくが救助された時に現場を仕切っていた騎士だった。騎士団では第三師団長という立場でお婆の記憶より出世していたが、本人は師団というほど大きな組織ではなく仕事の内容も雑用が多い、とざっくりと説明してくれた。

ぼくとケインは何とか食べきり、ジュエルとマルクさんがお皿を返却している間にボリスとミーアの顔や服に付いたソースをまたしてもミレーネさんが魔法できれいにした。

二人のお行儀が改善しないのはミレーネさんが魔法で何でも解決してしまうからかもしれない。

仕事に戻るのをまだ渋っているジュエルの耳元でマルクさんが何かを囁《ささや》くだけで納得させるテクニックを披露し、お婆とジーンが羨望《せんぼう》の眼差《まなざ》しで仕事に戻る二人を見送った。

ぼくたちもミレーネさんに別れの挨拶をしようとしたが、ミレーネさんはお婆とジーンに教育相談のような立ち話を始めてしまった。

ボリスは嫌そうな顔をして石畳を蹴《け》った。

「カイルたちはもうすこしいちをみていくのかい？」

「そうなるはずなんだけど……」

ケインは買い物かごをさげて楽しみにしているのに、ママ友相談会と化したご婦人たちのトークに終わりが見えない。

その時、市の奥の方で売り子がベルを鳴らして何やらがなり声を上げた。

近くにいる人たちから売り尽くし、半額⁉　というざわめきが起こると、ぼくたちはバーゲンセールに群がる人波にはじき出されてしまった。ケインを探そうとしても後ろからも人が押し寄せてくるから何も見えずにもまれるだけだった。

「ケイ……グフッ……⁉」

名前を呼ぼうとした刹那、鳩尾《みぞおち》を強打され、見知らぬ人に後ろから抱え上げられ、猿轡《さるぐつわ》をかまされた。誘拐？　複数犯？　なんて考えが頭に浮かんだが、気が付けば麻袋に放り込まれて、担《かつ》がれて運ばれていってしまった。

抵抗なんてできなかった。犯人の顔も見られなかった。子どもの視線は低すぎたのだ。腸詰のお肉のように麻袋にみっちりと詰め込まれると、先ほど強打された鳩尾が痛すぎて暴《あば》れることもできなかった。

犯人が何人いてどこに運ばれているのかも市の喧騒《けんそう》で全くわからなかった。

速足でしばらく運ばれた後、硬い床に転がされた。ゴトン、ゴトン、と二つ同じように転がされる音がした。ぼくは体中が痛むことより、嫌な想像をして背筋が凍った。

「お前ら！　なんで三人も連れて来るんだ‼」

「仕方ねぇだろう。黒っぽい髪の子どもが三人もいたんだ。誰が誰だかなんてわかるかよ！」

「……そりゃあ済まなかった。全員連れて行って後から仕分けをすればいい。早く街を出るぞ」

黒っぽい髪の子ども……。ボリスは濃茶色、ケインは紫紺、ぼくは黒髪だから、三人揃《そろ》って攫《さら》われてしまったようだ。

転がされた場所は荷馬車だったらしく、ガタガタと動き出した。土地勘なんて全くないのに街を出られたら最悪だ。なんとか脱出しなければならない。

ベルトに付けたポーチの中に小型ナイフが入っているが、ピチピチの麻袋の中では手を動かすのも一苦労だ。焦《あせ》るとポーチの紐《ひも》を解くのに失敗してしまいかえってきつく結んでしまった。

馬車は城壁を出る門の列に並んだのか、速度を落とした。

今がチャンスなのにポーチが開かない！

「随分と早く街を出るんだな。商売は上手《うま》くいったのかい？」

「ああ。全部売り切って、次の村に塩と酒を売りに行くんだ。少し遠いから早く出たいんだ」

「ふむ。わかった。積み荷は塩と酒ね」

荷馬車が止まって検査されているようなので、ぼくは芋虫みたいに体を動かして存在感を出そうとした。それなのに、荷馬車は無情にも動き出してしまった。

「お気を付けて」

人当たりの良さそうな門番らしき声がした。

きちんと調べてから門から出せよ。仕事をしろよ！　門番！　門番め‼

過ぎたことを恨んでも仕方がない。ぼくは再びポーチと格闘し始めた。

紐が緩むとポーチは簡単に開いた。麻袋をナイフで切り裂いて、猿轡を外した。

荷台には証言通りに酒樽と塩らしき麻袋がいくつかある。形状が違う麻袋が二つもぞもぞと動いている。やや大きい方がボリスだろうから、小さい方から開けた。

涙目のボリスだった。

ボリスの猿轡を外す前にケインの袋を開けた。ケインは涙と鼻水で顔をぐちゃぐちゃにさせて、肩をひくひくと上下させていた。お腹《なか》に買い物かごを抱えていたから麻袋の体積が大きくなっていたようで開封の順序を間違えた。

「しーっ！　大きな声を出さないようにね。悪いやつらに気付かれてしまうよ」

ケインの猿轡を外して涙と鼻水を拭ってあげるとそのまま抱きしめた。ぼくの肩で涙をぬぐったケインは声を殺してすすり泣いた。ほくは落ち着かせるようにケインの背中を優しく叩いた。

「……ム…グゥッ…」

ボリスは猿轡がきついようで自分で外せず、もがきながら恨みがましい目でこっちを見ていた。

「悪かったね。弟の救助が先になって」

「いや、ありがとう。たすかったよ」

まだ助かっていない。拘束状態から解放されただけで、荷馬車が町から遠ざかっている現状は変わっていない。

荷馬車の後方の幌《ほろ》を除《よ》けて外を覗《のぞ》くと、ちいさくなってしまった城壁が切なく見える。荷馬車の速度は速過ぎて、飛び降りたら三人そろってクチャっとつぶれてしまうに違いない。

「どうしよう？　とびおりるかい？」

「そのまま死にたいのか⁉」

「あぶないよ」

ケインにある分別がボリスには備わっていないようだ。

三人揃って、幌の隙間《すきま》から顔を出すが、土煙の向こうに後ろから来る馬車は見えない。

領地双六は作ったけれど、各地の情報はまだ覚えていない。そもそも今出て来た門が、何門なのかもわからない。農産物を売って、酒と塩を仕入れたならば農村に向かうのだろうが、西門、東門、南門と選択肢が多すぎる。

三人揃ってこの先生きのこるにはどうすれば良いのだろう。

どれほど荷馬車は走ったのだろう。

ぼくたちは塩の麻袋に座るのが一番楽な姿勢だと気付いて、身を寄せ合って座りながら、なけなしの知恵を出し合った。幼児三人では文殊の知恵なんて湧いてこない。

「ばしゃがとまったら、このふくろをかぶってにげよう！」

「三人とも即捕まるだろうね」

「つかまるね」

舌を噛《か》みそうになるほど揺れる馬車で、ぼくたちは攫《さら》われた時の状況を話し合ったが、誰《だれ》も犯人の顔を見ておらず、痛む鳩尾《みぞおち》を擦《さす》るばかりだった。

「ケインはおなかがいたくないのかい？」

ボリスがケロッとしているケインにきいた。ケインは抱えていた買い物のかごを殴られたようで、ぼくたちほどのダメージはなかった。

「おまえのかごにはなにがはいっているんだ？」

「かいものまえだから、からっぽだよ」

ケインが買い物かごの口を大きく開いて見せた。

なんだ、からかよ、とボリスは残念がったが、いたんだ。黒いのが。

だからケインは殴られた衝撃が弱かったんだ。

あああ。黒いのがいたんだったらポーチを開けるのを手伝ってくれれば、門を出る前に拘束が解けて逃げられたのに……。

黒いのはケインと一緒にいたから、ぼくがナイフを持っていたのも知らないし、そもそも黒いのは何でも物を動かせるわけではない。たらればでは解決しないのだから気にしてはいけない。

「にいちゃん。うんち」

ケインがお尻《しり》をもぞもぞさせている。たくさん食べた後、拘束の緊張が緩み、荷馬車の振動が加われば生理現象だってもよおすだろう。

「ちょっと待って」

幌《ほろ》馬車は風通しが良いとはいえ、うんちと一緒に揺られていたくはない。どうする？　麻袋を一つ犠牲にするか。

酒樽《さかだる》の後ろで用を足してもらおうと考えて回り込んだら、作りの良い木箱があった。幸いなことに鍵《かぎ》もかかっていなかった。高級そうな白い生地が入っていたので取り出して、おまるの代わりに使用することにした。

「こっちの陰で、ここにして、きちんとふたをしてね」

「おしりもふきたい」

「ちょっと痛いだろうけど、これで拭いてね」

猿轡《さるぐつわ》に使われた縄でお尻を拭いてもらうことにした。

ぼくとボリスは風上の御者台側の端っこで、臭《にお》いを避けた。

「これ、どうする？」

「めいわくりょうだ。もらっておこう」

ボリスはちゃっかり白い生地をケインの買い物かごに入れた。

まったく。逃げる算段さえ付いていないのに……。

スッキリしたケインとぼくたちが塩の袋に座って途方に暮れていると、荷馬車が急に減速して、荷台後方にあったおまるの箱がぼくたちの方に寄ってきた。

「ギャア、こっちくるな‼」

ボリスが大きめな声を上げたので慌てて口を塞《ふさ》いだが、御者台の方でも大声が飛び交ったので事なきを得た。

「なんで速度を落とすんだ‼」

「ぜ、前方に馬車が数台詰まってるんだよ。脱輪でもした馬車か何かで渋滞が起こっているようだ。どうすんだよ」

「迂回《うかい》をするぞ。追っ手が来る。あっちに向かえば大沼があるが、沼地を抜ければ何とかなる」

「そんな無体な。馬が駄目になる」

「人が来ないとこまで行けば速度を落とせる。何とかもたせろ」

街道から逸《そ》れて人通りがなくなるのは困るが、速度が落ちるのは歓迎だ。

ぼくたちは身を寄せ合って作戦会議を再開した。

「速度が落ちてから飛び降りよう」

「おちたらいたいよ」

「草が生い茂っているところなら、それほど痛くないかもしれないよ」

「とびおりれるところまで、まっていよう」

荷馬車が街道から逸れると速度は落ちたが揺れは酷《ひど》くなった。せーのっ！と声をかけても、どちらかが服の端を引っ張って止めてしまい、なかなか飛び出せなかった。

荷馬車はどんどん奥地に入ってしまう。このままでは駄目だ。

「次はいくよ。せーの!!」

ぼくが飛び降りると、ボリスとケインがあとに続いた。黒いのがケインの体全体に広がると、きれいな受け身の姿勢に誘導した。先に飛び降りたのはぼくなんだから、ぼくの動作も補助してくれてもいいのに……。

強《したた》かに体を打ったが骨が折れたような痛みはない。興奮しているから気付いていないだけかも。

「ケイン、ボリス。大丈夫かい？」

「おれはいたいけどだいじょうぶだ。ケイン。おまえすごいな」

「ぼくはまいにち、きたえているもん」

ケインは遊びにくる騎士に面倒を見てもらって鍛えている。ぼくも体を鍛えないと……。

無事に帰れたら考えよう。

ぼくたちが飛び降りたことは気付かれなかったようで、荷馬車はそのまま遠ざかっていた。

「ぼくも大丈夫だよ。荷馬車が通った跡の倒れた草をたどれば街道に出られるよ。人の多いところまで行けたらきっと助けてもらえるよ」

街道まで出たら渋滞の馬車がたくさんいるはずだから、間違いなく救助される。日没までに保護されなければぼくたちは魔獣の格好の獲物になってしまう。

迷子になんてなるはずはない。馬車の跡はハッキリと残っているんだ。


どうしてこうなったのだろう?

ぼくたちは今、自分たちより背の高い草に囲まれている。明らかに遭難した。

馬車の跡をたどっていたが、それでも下草はぼくたちの顔に届くほどの高さがあり、ボリスが拾った木の枝で払ったり踏みつけたりしてくれたのだ。年長者らしく下の子のために先陣を切って働いてくれたんだ。迷ったのはボリスのせいじゃない。子どもは視野が狭いのに、こんなところにカッコいい虫が、とか、傷薬になる薬草が、なんてやっているうちにこうなってしまったのだ。

ぼくたちの影が長くなった。日没が近づいている。

今日帰るのは無理かもしれないので、魔獣対策を考えなくてはいけない。

「こんなはずじゃなかったのに……」

「ここはどこ?　おうちにかえれるの?」

マズい。みんなの気力と体力が持たない。魔獣の晩御飯にならないように、気配を隠して一晩過ごせそうなところを探すことが最優先だ。

「おなかすいたな」

「にいちゃん、といれ」

「そこらへんでしなよ」

魔獣は他の生き物の排せつ物をたどって生活圏を特定するものもいる。ぼくたちの存在をできるだけ消さなくてはいけない。どうやって？　どうすれば良いのだろう……。

……この辺りに安全な場所なんかあるのだろうか？

突然ひどい頭痛がして立っていられなくなった。

「カイル？　どうした！　だいじょうぶか？」

両膝《ひざ》をついて頭を抱え込んだぼくを心配してボリスが覗《のぞ》き込んだ。

視力がおかしくなっている！

真っ暗な視界に色の暴力のような様々な色彩で物が強調されているのだ。

だが、頭が押しつぶされるように痛くてそれどころではない。頭を地面につけて体を丸め込むと、不意に痛みが消えた。

頭の周りに黒いのがいる！

なんだかよくわからないが、守ってくれたようだ。ああ。黒いの、ありがとう。

「にいちゃんだいじょうぶ？」

「ああ、何とかなった。ちょっと頭が痛くなったけれど、もう大丈夫だよ」

顔を上げると視力は元に戻っていた。脳の血管でも切れたのかと思うほどの痛みだったのに、疲労感がするだけでもうどこも痛くない。何だったのだろう。

それよりまずは安全なトイレを考えなければ。穴でも掘って埋めたいが、道具もない幼児の力ではどうにもならない。ならば誤魔化《ごまか》すしかないだろう。魔力の多い草でも被《かぶ》せてしまおう。

「トイレはもう少し我慢できるかい？　魔獣除けになりそうな草を刈って来るから、終わったら被せよう」

ボリスにケインを託して、恐る恐る辺りの気配を探ってみた。黒いのはケインのそばにいる。

昔母さんが被《かぶ》せてくれた魔獣除《よ》けの薬草があれば最高だけど、そんなに簡単に見つかるわけがない。普通の草でも魔力溜《だま》りに生えたら魔力を多く含んでいる。良いものがある気配を思い出すのだ。

なんだか空気が違ったんだ。そこに行けばあこれだって……。

見つけた！

穂を伸ばすために背を高くし始めたススキは魔力を多く含んでいる。たくさんの株の中から良質なものを選び出し、全体のバランスを見ながら最良のものは残して採取した。

両手いっぱいのススキを採取するのに時間がかかったから、漏《も》らしていなければ良いな。

二人の元にもどると、ボリスが警戒したように声を出した。

「だれだ！」

ススキのお化けでも出たと思ったのだろうか？　いや、ぼくが小さくて見えなかったのだろう。

「ぼくだよ。カイルだよ」

ススキを傍《かたわ》らに置いて返事をした。開けた視界に、さっき視力がおかしかった時のことをふと考えた。あれは魔力を可視化した状態だったのだろうか？　それにしてもどうして痛みを伴ったのだろう。……今はそんなことを考えている場合じゃない。

あたりの気配を探って気が付いたのだが、ボリスの魔力はこの辺りで一番多い。異常視力で見た色もボリスからオレンジや赤色の湯気のようなものが立ち上っていた。カイルや周囲の植物より圧倒的に多かった。お貴族さまの息子だから魔力が多いのは当たり前だろう。

三人並んで小用を足すと、なぜかボリスが飛距離を競い始めた。ケインは敵《かな》わないと悟ると横幅で対抗し始めた。勘弁してほしい。自分たちの痕跡を消すのになぜ散らすのだ。

ススキを全体にまき散らせるだけ多く刈り取っていて良かった。ボリスの魔力が一番多いのだから、自分の存在が魔獣ホイホイだと自覚してほしい。

そうだ。魔力が立ち上がるように上に漏れ出ているのなら、何か被れば少しは隠せるかな？

「ケイン。かごの中に何を入れていたっけ？」

「ふくろ、しろいぬの、きずのやくそう、カッコいい虫」

どうでもいいものも入っているが、麻袋と白い生地は使える。高級そうな生地の方が魔力を抑えられそうだ。

「魔獣除けにこの布をみんなで被ろう」

「それ、いいね」

ぼくとボリスの間にケインを入れて、三人並んでシーツのように大きな生地を被ると、まるでお化けごっこをしているようだ。ケインとボリスは残ったススキを手に持って、これでもっと魔獣除けになると、笑顔でぼくにもススキを持つように勧めてきた。

へんてこな格好だけど、これで少しでも魔獣除けになるならやるしかないだろう。

森から吹く風が辺りの草木を波のように揺らし、木々の間から透けて見える空の端は茜《あかね》色に染まり始めた。身を隠す場所を探す時間は残り少なくなってしまった。

魔獣の来ない、瘴気《しょうき》が沸いていない安全な場所……。

草木を吹き抜ける風に委《ゆだ》ねるように気配を広く探ってみる。林の向こうに質の違う魔力が一対六で戦っている。その傍らに消えそうな魔力があり、狩りの成果を横取りしようとする魔獣たちが戦っているようだ。

「あっちは魔獣が狩りをしているから危ないよ。こっちの森は風向きが悪くて探れない」

指でさしながらケインとボリスに説明しているとケインのそばにいた黒いのが地面に這《は》いつくばるように広がった。何だろう？　地面に何かあるのかな？

真似《まね》をするようにしゃがみ込んで両手を地面につけると、地中の気配を掌《てのひら》で感じることができた。森の方に広がっていく夕霧のイメージで遠くまで気配を探っていく。霧の中には幾つもの魔獣の気配がした。森に近づくのは自殺行為だろう。所々にある真っ暗闇《くらやみ》のような気配は夕霧の粒が近づくだけで背中から脂汗が出る。あれが、母さんの言っていた悪いものなのだろう。町の中に入れてはいけない、夜中に活動する邪霊《じゃれい》のような魔獣なのかな？

「森はとても危ないから、手前の背の高い草がある所で草を編んでお家を作ろうよ」

「すごいな、おまえ。よくわかるなぁ」

「赤ちゃんの頃から森での採取に付き合っていたから、気配を採れ、と教わっていたんだ」

「いいなぁ……。カイルは……」

どこがだ。生まれてこの方散々な目に遭っているのに。ボリスの方がよほど恵まれている。

「……ちいさいころからでかけられて」

「ぼくははじめてのおでかけだよ」

ケインは今日がお出かけデビューだったのに散々な目に遭った。まあ、うちの場合は出かけなくても敷地内で十分楽しめるから、無理にお出かけしない方が良いに決まっている。

「ぼくはもらわれっ子だからね。元々は山奥に住んでいたんだ」

「おれもへいみんのこがよかったな」

隣の芝は青く見えるものだよね。ススキを持って白い布を被って散策するなんて、こんな状況でなければ楽しい子ども時代の思い出になるだろう。お貴族さまの子どもがこんな風に遊ぶことなんてないだろうから、そう考えると少し同情の念が湧く。

だが、時間は容赦なく過ぎていき東の空は暗くなってきた。魔獣除けの薬草さえ見つからない。

「にいちゃん、にいちゃん。あれ！　きれいだよ……」

ケインがススキで指し示す方を見ると、蛍のように光るフワフワとしたものが、いくつも浮いている。色とりどりに光るものは大人の親指の爪《つめ》ほどの大きさで、物体ではないのか向こう側が透けて見える。ぼくたちが持っているススキの穂に寄っては離れたり、ぼくたちの周りをクルクル回り始めたりして、まるで遊んでいるようだ。

「きれいだなぁ……。なぁなぁ、これなんだろう？」

拗《す》ねていたボリスもすっかり興奮している。

「ぼくも初めて見たよ……。何だろうね」

この世界にはこんなにも綺麗なものがいるんだ！

二人は光に触りたいのに片手にススキを、もう片方の手は被っている布を押さえているので触れないもどかしさで、もぞもぞしながら跳びはねている。自分も小さいくせに二人の幼い仕草《しぐさ》が可愛《かわい》らしくて身悶《もだ》えた。

ケインのそばにいる黒いのも下草の影に薄く広がってゆらゆらと漂っているのは、きっと楽しいからだろう。

光がいっそう綺麗に輝くのは夜の帳《とばり》が降り始めたから……。あれ、何で緊張感が消えたんだ？

これはマズいぞ！

ぼくの不安を感じ取ったかのように光たちが一つ二つと消えていった。

「「あっ　いかないで!!」」

ケインとボリスの声が重なった。それでも光はどんどん消えていき、残り少なくなった光たちがぼくたちの周りをぐるぐる回ると一列になって動き出した。

ついておいでよ、そう言っているように見えた。

ぼくたちは深く考えもせず、光の後について歩き出した。遭難した時は歩き回らない方が発見されやすい、そんなことは全く頭に浮かばなかった。

光たちはぼくたちの歩く速さに合わせて移動しているかのようで、時折ぼくたちの周りを回ってくれる光もあり、楽しい気分が続いていた。

こういう時にはよくあることなのだろう。どれだけ時間が過ぎたかも気にすることはなく、暗くなればなるほど綺麗になる光に魅せられながら移動し続け、気が付けば光たちは大きな木の根元に吸い込まれていた。

ここで急に現実を思い出して動揺した。

「ここはどこだ？」

「どうしよう？　ひかりさんはみんな、きのあなにはいっちゃうよ！」

「きのあなはおくまでつづいているぞ！」

ボリスが木の洞《うろ》に頭を突っ込んで覗《のぞ》き込んでいる。光たちが入っていったとはいえ真っ暗な穴を覗くなんてなかなか勇気がある。

残りわずかになった光たちも誘うように目の前でくるくる回った後、穴の中に消えてしまった。

「どうするんだ。おれたちもはいろうよ」

穴の大きさはぼくが膝を抱えて座り込んだくらいの大きさしかなく、頭からか、足からか、どちらからにしても寝そべって入るしかない。取《と》り敢《あ》えず魔獣の住処《すみか》になっていないか気配を探ろうとしたら、ボリスはもう頭から体を半分入れてしまっていた。

「ちょっと待って！　安全かどうか確認しないと駄目だよ!!」

ボリスの足を押さえて止めようとしたが、するりと滑るように中に吸い込まれてしまった。

「ボリス！　大丈夫かい？」

「だいじょうぶだよ……だよ……。なかはひろいよ……よ……。きれいだよ……だよ……」

随分と声が反響している。こんな木の洞が洞窟の入り口になっているようだ。

「にいちゃん。ぼくもいきたい！」

穴の中から悪い気配はしない。ここで一晩過ごすより洞窟の方が安全だろう。

「一緒に行こう！」

足の間にケインを挟むと、布を入れたかごをクッション代わりにケインの頭の下に置き足から穴の中に入った。穴の奥は緩やかな傾斜になっておりチューブ型の滑り台を降りるように侵入した。

そこは広くて綺麗な空間だった。

ぼくたち三人が立ち上がり、並んで両手を広げられるほど広く、暗いはずの洞窟の中で岩壁にびっしりと生えた苔《こけ》が蛍光緑に優しく光っていたのだ。神秘的な光景にぼくたちは圧倒された。

「ここはすごいだろう」

ボリスは得意気に言うが、ここに案内してくれたのは光たちで、この絶景は光る苔が成したものだ。ボリスの手柄は先陣を切ったことだけだ。

ここは光たちの寝床なのだろう。光たちのほとんどがもっと奥へと行ってしまったが、ここに残っている光たちはぼくたちのことを最後まで心配して付き添ってくれた。ありがとう。

「きれいなところだね」

「ここなら安心して一晩過ごせそうだ」

「もっとおくをみにいこうぜ」

「いいね！」

いいや。少し休みたい。今日は盛りだくさんすぎて気力と体力を使い果たした。ぼくが軟弱なだけなのか？

二人はすでに歩き出しており、光たちが付き添っている。それなら安心かな。

「奥で先が分かれていたらぜったいに進まないでね……。ああ。仕方ない。ぼくも行くよ」

これ以上迷子になるわけにはいかないので、ぼくもついて行くことにした。


奥に進むと洞窟の幅は狭くなり光る苔も生えていなかった。光たちが集まって先を照らしてくれたので辛うじて手元足元が見えた。蝙蝠《コウモリ》や蜥蜴《トカゲ》や蛇に遭遇していないが見えていないだけかもしれない。気配もしないようだから、いない……はずなんだ。

でも、見えないことで不安が募り、気配の小さい百足《ムカデ》がいるのではと考えてしまう。緑の光が大丈夫だよ、と言うようにぼくのそばに来た。ありがとう。

水の流れる音がした。

水没している箇所でもあるのかと気を揉《も》んだが、水色の光が導くように照らす岩から水が染み出ていた。

「「やったー。みずがあった!!」」

湧き水なら安全だろう。もう一歩も動きたくない疲労感に座り込むと、ケインとボリスはもう手で掬《すく》って飲み始めていた。

水色の光たちが二人の周りをぐるぐる回る様子はメルヘンそのものだ。

……癒《い》やされる。

ぼくも立ち上がって水を飲んだ。ほんのり甘いその水は疲れた体に染みわたる美味《おい》しさだ。

案内役をしてくれた光たちも集まって来たので二人の表情がよく見える。疲れた顔をしているが、健康上の問題はなさそうだ。

「おなかすいたな。にいちゃん」

「おれ、これもっているよ。いちでかってもらったんだ」

ボリスは上等そうな上着のポケットからむき出しの干し肉を三枚取り出した。市でのおねだりが干し肉だなんて、ツッコミどころではあるが、この状況で食料があるのはありがたい。

「ありがとう。さんまいしかないのに、もらっていいの？　ぼりすのぶんがへっちゃうよ」

「みんなはらがへっているんだ。おれひとりでたべるより、みんなでたべようよ」

「ありがとうボリス。ケイン。硬いから細かく切ってあげるよ」

「おれは、はがつよいからだいじょうぶだ」

もらった干し肉を削るように切り分けると、少しだけゆっくり食べるように言った。

「ぜんぶたべたら、だめなのか？」

「明日何も口にできない方が辛《つら》いから、唾液でゆっくり柔らかくしてから長く噛んで、たくさん食べたつもりになろう」

「だえきってなに？」

「よだれだよ。後は水を飲んでお腹《なか》を膨らまそう。少ししか食べないって約束してくれたらご褒美をあげるよ」

「なんだよ、そのごほうびってやつは」

「甘いものさ。一人一つだよ」

「「やくそくする!!」」

三人並んで壁にもたれながら、ひと欠片《かけら》の干し肉をゆっくりと咀嚼《そしゃく》した。凄《すご》く塩辛かったが、水は飲み放題な場所にいる。心配事は明日に回そう。

「みずなんて、いくらのんでもはらいっぱいにならないぞ」

文句を言いつつも約束を守った二人にポーチにしまっていた飴玉を渡した。二人とも口に入れる前から期待のこもった笑顔になり、口に入れると満面の笑みになった。

「「おいしいね!!」」

「我慢したご褒美だから格別に美味しいんだよ。齧《かじ》らないでゆっくり食べるんだよ」

瓶《びん》の中に残っている飴玉は四つだ。ぼくが我慢してもあと二回しかこの手は使えない。

「にいちゃん。トイレ」

着替えのないこの状況でおねしょをしたくないのは皆一緒だ。水場から離れた場所で用を足したいから立ち上がると、緑色の光が案内するように洞窟の先に進んだ。ついて行くと個室トイレのように窪《くぼ》んだ空間があった。

「『ありがとう光さん』」

お礼を言い、用を済ませると、緑の光が光る苔のところまで案内してくれた。

苔の上に麻袋を敷いて簡易の寝床を作ると、フカフカしていて寝心地が良かった。ケインを挟んで三人で横になると、黒いのはぼくとケインの間に入り込んだ。

光る苔の光は間接照明のような優しい光で眩《まぶ》しいことはなかった。ケインはすぐ寝息を立てたが、疲れ過ぎていたせいかぼくはなかなか寝付けなかった。

「……カイルはすごいよな……」

ボリスも起きていたけれど、なんだか元気のない声だ。今日のぼくは、おめおめと誘拐された挙げ句、脱出計画も失敗して迷子になった。打開策は何も立てられないポンコツだ。

「ほとんど何もできなかったよ」

「いや。すごいよ。わるいけはいをさぐってくれたから、あぶないほうにいかなかった」

「まあ、それはそうだね」

「はんにんたちがいってた、おおぬまって、すごろくにあった『まじゅうぬま』なのかな?」

『動く魔獣沼』は双六《すごろく》では南門から出た先の西側に生息している移動する沼のような魔獣だ。荷馬車が南門か西門から出た可能性がある。だがしかし、魔獣沼は伝説の魔獣で、存在は確認されていない。犯人が言う大沼が魔獣沼であるはずがない。真夜中の洞窟で子どもが考えそうなことだ。

「魔獣沼ではないと思うよ。そんなに大きな気配はなかったし」

「でも、カイルはすごく、くるしそうだったじゃないか」

あれは気配を探ろうと焦《あせ》ったせいで、酷い頭痛がしたのだろう。みっともないな。

「いつもと違う状況で気配を探って失敗しただけだから、魔獣沼は関係ないよ。恥ずかしいから忘れてほしいな」

「そうかな。きしものがたりのきしみたいでカッコいいよ。『まりょくたんさ』ってやるんだ」

落ち込んでいるボリスの真上で赤、橙《だいだい》、黄色の光が慰めるようにクルクル回った。

「騎士の魔力探査は知らないけれど、気配を探るのならボリスにもできるようになるよ。今、光たちを見ていると気持ちが落ち着くだろう？　この気配を覚えて、そばにいないかなって探してみればいいんだ。繰り返していれば、きっと気が付くようになるよ」

「そんなんでいいんだ」

ボリスが笑顔になると光たちはパッと散って喜んでいるかのようにふわふわと漂い始めた。

「……おれ、もりにすみたいんだ。……へいみんになって、もりで『ひりゅう』をそだてるんだ」

ひりゅう？　飛竜か！　なんだか突拍子もない話になったな。子どもの頃の夢はあり得ないことを言いだすものだ。

「なかなか無茶《むちゃ》な夢だね」

「おれは『さんなんだから、しっかりしないときぞくとしていきていけない』ってみんなにいわれるんだ。でも、ぐずだし、のろまだし、むりだよ」

貴族らしくあれ、という英才教育があるんだろうな。でも、ボリスの魔力量は平民とは比べものにならない量があるような気がする。

「もりに『ひりゅうをそだてるいちぞく』がいるんだ。おれ、でしいりしたいんだ」

何だかお伽噺《とぎばなし》のような雰囲気が出てきたぞ。

「伝説の一族、みたいな話かい？」

「ホントにいるんだよ。かあさんのしんせきがおよめにいったんだ」

「その人は貴族から平民になったの？」

「そうだよ。『みぶんをすてたこい』っておんなどもがさわいでいたもん」

女性は恋物語も醜聞も大好きだろう。

あれ？　ボリスの口が悪いのは平民になりたいからなのか？

「だいぶ言葉が悪いけど、印象がよくないから止めようよ」

「おまえ、かあさんみたいなこというなよ」

「ケインが真似をしてキャロお嬢さまの前で言い出したらよくないだろう。平民の方が言葉遣いに気を使うんだよ」

「ああ。……それもそうか」

「丁寧な言葉を覚えるのは難しいかもしれないけれど、頑張ろう。飛竜を育てる一族が乱暴な言葉を嫌うかもしれないよ」

「ケインのまえではきをつけるよ」

飛竜はカッコいいね。あれ？　育てる一族がいるなら、使役する側もいるのかな？

「育てた飛竜は売り物にするのかい？」

「おうとのきしだんしかかえないよ」

「それなら、王都の騎士団に入団したら飛竜に会えるじゃないか」

「りょうのきしだんだっておれにはムリだって、あにきはいうんだ。おうとにはいけないよ」

ボリスは第三師団長の息子なのだ。騎士団への入団を目標にした方が、飛竜の一族に弟子入りするより現実的だよ。

「試してもいないからわからないじゃないか。王都の騎士団に入団できるように努力したら、たとえ駄目だったとしても、領の騎士団には入団できるかもしれないよ」

「りょうのきしになったら、ひりゅうにのれないよ」

「その時は飛竜の一族に弟子入りしたらいいじゃないか。まだ子どもなんだし、しばらく家にいるのだから、騎士になる努力の方が先にできるよ」

「そうなんだけど……おれ、どんくさいし。ちいさいケインのほうがすごいだろ」

ケインの運動能力は黒いのが底上げしているだけのような気がする。

「小さいのに凄く見えるのは、子供の成長には個人差があるからだよ。歩きはじめの早い赤ちゃんが足の速い大人になるとは限らないよ」

「あにきたちが、おまえみたいなウスノロがきしになるなんてぜったいムリっていったんだ」

兄弟間の虐《いじ》めかな。家庭内序列の影響なのかな。長男が跡継ぎ、次男がスペア、三男は味噌《みそ》っかす、ということにしておきたいのだろう。

「自分たちが小さい頃に鈍間《のろま》だったことを忘れているんだよ。酷い言葉を言う人を気にすることはないよ。うちに遊びに来た時に一緒に鍛えよう。騎士のお兄さんたちも相手をしてくれるよ」

「ああそうだね」

ボリスの気持ちが前向きになると、光たちもクルクル回り出した。ぼくの気持ちも落ち着いた。

「カイル。おまえって、いいやつだな」

ぼくの真上でも色とりどりの光たちがクルクル回り、まるでぼくを褒めているみたいだ。

「ありがとう。明日のためにもう寝よう。おやすみボリス」

「おやすみ」

瞼《まぶた》を閉じたらすぐに眠りについた。


「にいちゃん、おはよう。のどかわいた」

ケインに揺さぶり起こされた時には、もう洞窟の入り口に朝日が差し込んでいた。光る苔はもう光っておらず洞窟の奥は真っ暗だ。一人で行くには勇気がいる、というか迷子になる。

ボリスを起こして寝床を片付けると、苔がつぶれてぺちゃんこになっていた。

「ごめんね。ありがとう。おかげでぐっすり眠れたよ」

ぼくが苔を撫《な》でながらお礼を言うと、緑の光たちが苔の上に集まって来た。すると光を浴びた苔は見る見るうちに蘇《よみがえ》り元のふわふわの状態になった。

「「「ありがとう。みどりのひかりさん」」」

感動したぼくたちの声が見事にそろった。光たちはそのまま洞窟の奥へと案内してくれたので、湧き水の場所までたどり着くことができた。

昨晩同様に少量の干し肉を口にしただけで朝食を済ませた。美味しい水があるだけましだ。

二人はご褒美頂戴、と目だけで訴えかけてきた。我儘《わがまま》は言わないが目力で自己主張した。

きっと今日には助かるはずだと信じて無言で飴玉をあげると、二人は満面の笑みでありがとう、と言った。

洞窟の入り口に戻ると少ない知恵を出し合って、洞窟を出てどうするかを話し合った。

狼煙《のろし》を上げたくても、火をおこせないし、魔術具だって何にもない。取りあえず何か目印を出そうということになり、麻袋を猿轡に使われた縄で高い木に縛り付けてみることにした。

ぼくが洞窟の入り口まで這い出て外の気配を探っていると、ケインとボリスが光る苔をもらっていこう、と罰当たりな相談をしていた。

「ちょっと待った」

ぼくは滑り降りると、二人を止めた。

「ここは光たちの住み処《か》みたいだから、もらってもいいか聞かないといけないよ」

この神秘的な光る苔はかなりの魔力量があるだろう。それなのに魔獣が入ってこないなんて結界か何かがあるに違いない。勝手に持ち出してはいけない。

「そうだね。おせわになったし」

「ぼくたちにひかるこけをわけてください」

ぼくたちがお願いというか、おねだりすると、緑の光たちがたくさん集まって来て、小さな竜巻のように高速で回転した。天井際《てんじょう》で拡散した後、光たちは消えて、毬藻《マリモ》のように球体になった苔が三つ残されていた。

「ありがとう」

お土産をもらったぼくたちは、丁寧に後片付けをした。立つ鳥跡を濁さず。ぼくたちにできる精いっぱいの感謝を示すためだ。


洞窟から這い出たぼくたちには外の日差しは強烈過ぎた。

「まぶしい……！」

「目が慣れるまで下を向いていた方がいいよ」

目が慣れるまでの間、広範囲に魔力の気配を探った。かなり遠くに魔獣の気配が二体あった。

昨晩は辺りの景色を確認できなかったが、ここは大きな森がある手前の原野で所々に急な傾斜もあるので、下草の奥が窪《くぼ》みになっているところがあると、滑り落ちてしまうかもしれない。

ケインとボリスはすでに布を被って朝露で濡《ぬ》れたススキを嫌って、枯れ枝を拾っていた。

下草を払うのにちょうどいい。

「あっちの三本並んだ木なら登りやすそうだね」

魔獣のいない方角へ誘導した。

狙《ねら》いをつけた木は根元から幹が二股に分かれていて足をかけるところが多い木だった。

ボリスが登って強度を確認すると、ケインを呼んだ。かごの取っ手に腕を通し、リュックのように背負ったケインはするすると登ったが、ぼくはまるでお尻の重たい女の子のようで、枝に届いた片足へ重心を移動させることができなかった。踏ん張る手足に黒いのが寄り添うと姿勢や筋肉の使い方がわかり、するっと登れた。

麻袋を取り付ける時はボリスがぼくのお尻を支えてくれて、ケインが紐《ひも》を手渡してくれたので難なく縛り付けることができた。

「いいけしきだな」

「とおくまでみえるね」

遠くからでも見えそうなので、早く発見されると良いな。

仕事をやり切った達成感で油断していた。二匹の魔獣が近づいてきているのに気が付いたのはケインが先だった。

「あれはなんだろう?」

ぼくたちがいる木から三十メートルくらい離れたところに、威嚇の姿勢をしている大きな猫と痩せこけた野犬のような獣が間合いを取り、牽制《けんせい》しあいながらじりじりとこっちの方向に移動していた。目の前の作業に一杯一杯になっていたから、こんなに近づくまで気が付かなかった。

「大山猫と灰色狼《オオカミ》だ!」

魔獣の木札で馴染《なじ》みのある魔獣で、大山猫は草原に生息しているから風魔法を得意とし、個体によっては中級魔法を使いこなすこともある。

一方、灰色狼は氷系の初級魔法を使うが個々の攻撃力は弱く、集団でブリザードを出すので、勝負は明白のはずだ。なぜこんなに長引いているんだろう？

「あっ。あのねこ、けがをしている」

どうやったらそんな遠くの猫の様子が見えるんだろう。ケインは目に魔力でも込めているのだろうか？　ぼくも視力に意識を集中して魔獣たちを観察した。

見えた。大山猫は体中から血を流している。

「大山猫はかまれた痕だらけだけれど、灰色狼の攻撃が当たらないね」

昨日草原の向こうに獲物を横取りされそうになっていた魔獣がいたような……まさかこの大山猫は一晩中戦っていたのか！　じゃあこの灰色狼はあの群れから逸れた灰色狼か！

ということは、近くに灰色狼の群れがいるのだろうか!!

「はぐれおおかみでえさにありつけないから、さいごのちからでたたかっているのかな？」

あの二体の決着がついても、付近にあの狼の群れの本体がいるかもしれない。こいつが群れの後追いをしているのか、それとも完全に群れから追放されているのかで危険度は変わるが、楽観的になってはいけない。

ぼくは風に乗せて広範囲に気配を探った。見逃さないように気を付けて。

強い魔力の気配はなかったが、大山猫の後方に小さな魔力の気配が三つあった。大山猫の魔力に似ている。

「なんてこった……」

大山猫は赤ちゃんたちを守るために一晩中戦っていたんだ！

ぼくは日頭が熱くなるのを止められず、涙が溢《あふ》れてきた。相手はただの大山猫なのにどこか自分の境遇を重ねてしまい、命を懸けて守るものの強さと弱さに、ただ涙を流した。

「にいちゃん。どうしたの？」

「……あの大山猫は……赤ちゃんたちを、守っているんだ……」

「「すあなをまもっているのか!!」」

二匹はどちらも限界を迎えているだろう。

一歩も引かず、このままでは共倒れになるように見えたが、大山猫が覚悟を決めたようにギィヤーと長い咆哮《ほうこう》を上げた。その直後大きく開けた口から稲妻に似た閃光《せんこう》と轟音《ごうおん》が発せられた。

ぼくたちは眩しくて目を閉じたが、さらに腕で目を隠してもその閃光の凄《すさ》まじさがわかった。

目を開けた時には、周囲の下草と共に灰色狼は黒焦《くろこ》げになっており、大山猫は蹲《うずくま》り息も絶え絶えになっていた。

「やったー!!　おかあさんおおやまねこがかったー」

二人は大喜びしたが、ぼくはまた涙が止まらなくなった。大山猫の魔力がほとんど残っていない。もうすぐ死んでしまうんだ……。赤ちゃんたちを残して。

ぼくはもう声も殺さず大声で、わんわん泣いた。

大山猫は最期の力を振り絞って赤ちゃんたちの方へ行こうとするが、数歩も進まずに倒れた。

「にいちゃん。おおやまねこはしんじゃうの？」

「たぶんしんじゃう」

ぼくは肩を上下させてひくひくと泣くことしかできなかったので、ボリスが代わりに言った。

「たすけにいこうよ」

ケインはすぐさま木を下りて、ボリスも後に続いて赤ちゃんたちの方へ走り出した。

しっかりしなくてはいけない。二人の後を追いかけながら、辺りに漁夫の利を狙う魔獣がいないか気配を探った。

「母猫は気が立っているから近づいてはいけないよ。赤ちゃんたちはこっちだ」

二人を先導して巣穴に近づくと、ミャァ、ミャァと泣き声が聞こえた。一匹は外に出ていた。

「三匹いるから捕まえてね」

ぼくが巣穴の手前でうろついていた一匹を保護し、残りの二匹はケインが巣穴に手を突っ込んで引っ張り出して一匹をボリスに渡した。ぼくたちの掌にすっぽりと収まる小さな命は温かかった。

「かあさんにあわせてやろうよ」

ボリスは最期の対面をさせたいようだが、弱った魔獣は他の魔獣を呼び寄せるので、さっきの木に戻った方が良い。

足元に鳥らしき影が二つもちらついた。見上げるとぼくたちの真上を二羽の鳥が旋回していた。

もう魔獣が来ていたのか。空からの襲撃に逃げ切れる脚力はない。何とかケインを逃がさなくてはいけない。……どうしよう……。

「にいちゃん。あれ、はとだ！　おもちゃのはとだ!!」

「え……？」

あまりに悲劇的なことを考えていたぼくはしばらく理解できなかった。

あれはジーンとジュエルが作った鳩だ。

辺りの気配をできるだけ広範囲に探ってみると、たくさんの人が馬に乗って近づいているのがわかった。……助けが来た!!

「ケイン、ボリス、迎えが来るよ！　やっと帰れるんだ!!」

ぼくは安心して座り込んだ。

どうして大山猫は図鑑に載っていない魔法を出したのか、とか、どうしてあんなに離れた人間と馬の気配をぼくがたどり続けることができたのかは、疲れたから今は考えないことにした。


騎士団が近づいてくると旋回していた二羽の鳩がぼくとケインの頭の上に降り立った。ぼくの鳩はぼくが縄跳びの縄を作る時に紡《つむ》いでいた糸を、ケインの鳩はケインが回し続けていた独楽をそれぞれ咥《くわ》えていた。

「カイル、ケイン！　よく生きていた!!」

「三人とも怪我《けが》はないかい？」

「大丈夫です」

救助に来てくれた騎士たちの中にジュエルとボリスの父のマルクさんがいた。

ジュエルはぼくとケインを同時にぎゅうぎゅう抱きしめるのに、マルクさんはボリスの顔色を確認するかのようにそっと頬《ほお》を撫でただけだった。勤務中だから仕方がないが、ジュエルの素直な喜びを表す態度と比較すると控えめすぎで、こういうところにボリスは拗ねているのかもしれない。

ジュエルにつぶされた子猫がミーミーと鳴いた。

「何だ、この毛玉は？」

「大山猫の赤ちゃんだよ。あっちで母猫が灰色狼との戦いで死にかけているよ」

「すごかったんだよ。ギィヤー、ピカピカ！ドーン‼って」

「ピカピカ？　……それはおかしい。その大山猫の死骸を詳しく調べろ！　二体とも持ち帰るぞ」

マルクさんは団長らしくテキパキと指示を出した。

「近くで見ていたのかい？」

「あっちの木の上で旗を取り付けていた時に二匹が戦いながら移動してきたんだ」

ジュエルは風にはためく麻袋を見て驚いたように言った。

「お前たちは一晩木の上で過ごしたのか！」

「違うよ。その先の小高いところの木の根元に洞窟につながる洞があったんだ。中は広くて夜も冷え込まなかったから、ぐっすり眠れたよ」

「すごくきれいだったよ」

「おいしいみずがあったよ」

「君たちが疲れていなかったら、ちょっと案内してくれるかい？」

マルクさんの言葉にぼくたちは頷《うなず》いた。あの神秘的な洞窟を幼児の語彙《ごい》で表現するのは難しい。

「確かにここで間違いないんだな?」

洞窟の入り口まで移動したが、木の穴は普通の木の洞になっていた。

「間違いないです。だって、昨日ぼくたちが仮装に使ったススキがそのまま落ちています」

「仮装?」

「こうやって、体から漏れている魔力を隠すために、布を被ってススキを持って、ぼくたちはススキだぞぉ、と誤魔化そうとしたんです」

三人で布を被って昨日のようにススキを拾ったら、ジュエルと騎士たちは堪《たま》らず噴き出したが、マルクさんは真面目《まじめ》な顔でススキの検分を始めた。

「切り口はナイフ。乾燥の加減から見ても昨日採取して朝露に濡《ぬ》れたようだ。昨日の現場にあったものと同じだから、ここで間違いないだろう」

昨日の現場って……何だろう? もしかしてススキで隠したトイレまで発見されていたのかな?

ケインとボリスは夜だけ開く秘密の洞窟だ、とメルヘンな話をしている。

「ケイン。光る苔を見せてあげてよ」

ケインはかごから苔の玉を一つ取り出した。明るい中で見ると普通の苔だ。

「ヒカリゴケという洞窟内で発光する苔もあるらしい。洞窟があったのは間違いないな」

詳しくは帰ってから聞くよ、とマルクさんが言うと、ケインが思い出したように言った。

「おなかすいたね」

「残した干し肉はもう全部食べてもいいよ」

「干し肉なんか持っていたのか！」

「いちで、さんまいかってもらったんだ」

ぼくがナイフでちまちま干し肉を刻んでいると、マルクさんは部下に指示を出し、携帯食料を出してくれた。

白い布を敷物にして固いパンとしょっぱいドライソーセージとチーズを水で流し込んだ。空腹は何よりの調味料でとても美味しく感じた。

食べながらどうやって馬車から降りたかなどの経緯を説明したが、マルクさんは犯人たちがどうなったかは帰った後話すよ、と言葉を濁した。

「にいちゃん。ごほうびちょうだい」

「お腹いっぱい食べたのに、欲しいのかい？」

「うん‼」

ぼくは最後の飴玉を一つずつあげた。自分の分はなくなったけれど、飴玉がなくなる前に救助された達成感が勝った。

「それはなんだい？」

「商業ギルドで貰《もら》った飴玉です。全部なくなる前に救助されて良かったです」

「君たちが生きのこるために努力をしたからだよ。よくやった」

本物の騎士に褒められるなんて光栄だ。

ケインはジュエルの馬に、ぼくとボリスはそれぞれ別に騎士の馬に乗せてもらった。

ボリスを乗せてあげないのか、とマルクさんに尋ねると、鞍《くら》に落馬防止の魔法陣を施していないから危ない、と返答した。ボリスにこういう説明を怠るから、やさぐれてしまうのだろう。

頭には鳩の魔術具を乗せて襟元《えりもと》からは子猫が顔を出してミィーミィーと鳴いているぼくの姿を笑わない優しい騎士に気遣われながら帰路についた。


詳しい事情聴取は後日騎士団に赴いて行うこととなり、今日は自宅まで送ってくれた。

騎士団から無事保護との一報を受けていたが、ジーンとお婆が泣きながら出迎えてくれた。家に帰って来て顔を見るまで、気が気じゃなかったようだ。

皆がお互いの状況を知りたがったが、ぼくとケインが連れて来た子猫がぐったりしていたので、子猫ちゃんパニックに陥《おちい》ってしまった。

一匹はボリスが引き取った。残った二匹の子猫はぼくたちが引き取ったが、皿からミルクを飲むには小さすぎて、ハンカチにミルクを含ませてチュウチュウ吸わせてみたが効率が悪い。

「水漏れしない柔らかくて形の変えやすい素材はないかな？」

「フニャフニャで使い道のない素材ならあるぞ」

ジュエルはゴムのような素材を出してきてくれた。これは幸先が良いぞ。

「これを猫の乳首の形に加工してコップに嵌《は》められないかな？」

「猫の乳首は見たことがないけれど、牛のお乳を真似ればいいかな。錬金術で制作してみよう」

お婆は工房にこもると試作品を作ってくれた。留め具がなかったので途中でミルクをぶちまける失敗もしたが、すぐさま改良を重ねて猫用の哺乳瓶ができ上がった。

二匹とも仰向《あおむ》けになって四本足で支えて満足げに飲んでいる。次は猫のトイレだ。

「カイルもケインも自分たちのご飯もちゃんと食べましょうね」

ジーンはお風呂《ふろ》とご飯の用意をしてくれていたが、ご飯を食べたら寝落ちする自信がある。だから先にお風呂に入ったら浴槽で寝そうになるほどの眠気に襲われた。

お婆に光る苔を渡すと、フカフカな柔らかい土を入れた猫のトイレを用意してくれていた。

自分でお世話ができなければ飼っちゃダメと言われそうなのに、手伝ってくれて嬉《うれ》しい。

ぼくとケインは二段ベッドの下の段で倒れ込むように寝た。黒いのはぼくたちの間にいた。


ミューミューと鳴く声に起こされた。ぼくとケインの顔の前でミルクと鳴いているようだ。

ぼくはケインを起こさないように二匹をおなかに抱えて台所に下ると、ジーンとお婆がいた。

「かなりゆっくり寝ちゃったよ」

「子猫をこっちに寄こしなさい。ミルクをあげよう」

「お腹が空《す》いたでしょう？　よっぽど疲れていたのね。丸一日寝ていたのよ」

ジーンがパンとスープを用意してくれた。美味しそうな香りにお腹がぐうっと鳴った。

「ケインも起こした方が良いかな？」

「寝たいだけ寝かしてあげましょう。帰宅前に携帯食料を食べたようだし、大丈夫でしょう。お腹が空いたら起きてくるわ」

ジーンのスープは世界一美味しい。あっという間に食べ終えると、おかわりを注《そそ》いでくれた。

「ボリスが干し肉を持っていたり、カイルが飴玉を持っていたりしたのは幸いだったわね。少ない食料を分けて食べるようにしたのは立派だわ。よくやったね、カイル」

「ケインも頑張ったんだよ。文句も言わないで一欠けらの干し肉と飴玉だけで我慢したんだ。助けが来るまで食料を残しておかなければいけないことを、あの年で理解できるなんて凄いよね」

「カイルがうちの子になってくれて良かった。ケインはあなたがいたから頑張れたの……」

膝の上に子猫を乗せて哺乳瓶でミルクをあげていたジーンは涙ぐんで言葉に詰まった。

「あなたの両親が亡くなってまだ半年もたたないけれど……いつか私のこともお母さんって呼んでくれたら、嬉しいわ……」

胸がぎゅっとなって顔が赤くなるのがわかった。

恥ずかしくて、いや、嬉しすぎて涙が出そうになった。ジーンに大切にしてもらっているのはわかっていた。

けれど、死んだ子どものポジションに割り込んだ気もして、後ろめたさが強かった。

でも違ったんだ。ジーンはうちの子になってくれて良かったと言ってくれた。ぼくで良いんだ。

「……本当はぼくも……母さんって呼んでみたかった。……ぼくの母さんは、二人になったんだって……そう思いたかった……」

「うううぅぅぅ」

先に涙腺が崩壊したのはもう一匹の子猫にミルクをあげていたお婆の方だった。

「うううぅぅぅぅぅぅ」

ぼくも母さんもすすり泣きを止められなかった。

「……ジーン母さん……ぅぅ」

「ぅぅぅ」

三人のすすり泣きと、二匹の子猫が哺乳瓶に吸い付く音が響く台所に、ケインが下りてきた。

「なんでみんなないているの？」

「「「生きていて良かったからだよ」」」

三人で声が揃《そろ》うと、皆自然に笑いが込み上げてきた。救助されてから始めてお腹から笑った。

「なんでそんなにわらうの？」

「「「生きていて良かったからだよ」」」

何だかわかっていないケインもつられて笑い出した。この家の子どもになれて良かった。


ジュエルが帰ってきた時、ぼくは緊張していた。お帰り父さん、と言いたかったのだ。

「……お帰りなさい」

小声でごにょごにょと言うことしかできなかった。照れ臭いじゃないか。散々親しくしてきた間柄で、今頃《いまごろ》になって父さんと呼ぶなんて……。

「事件の詳細はわかったの？」

「大体はな。晩飯の後で話そう」

ぼくとケインは中途半端《ちゅうとはんぱ》な時間に食べたので、軽く済ませると子猫にミルクをあげた。

皆話を聞きたくてソワソワしているのに片付けが終わるまでジュエルは話す気がないようだ。

「母さん。それはぼくが片付けるから座っていてもいいよ」

先に食べ終えていたから、食洗機に食器をさげるだけならぼく一人で十分だ。

「母さん⁉」

ジュエルの声がひっくり返った。

「うらやましいんだね」

お婆がしたり顔でジュエルに問いかけた。

「カイル、カイル。おっ、俺は？」

「なんだい、父さん」

ぼくは自然に口にできた。

「カイル。父さんだよぉ」

父さんが後ろからぼくを抱きしめた。

「しっているよ。父さん。なにしているの？」

ケインがあきれたように言うと、皆が笑い出した。

何も気負わなくて良かったんだ。こんな感じで良いのだ。

育児日記

My life in another world is a bumpy road ahead.

カイルに父さんと呼ばれただけで泣きそうになった。誘拐事件の日にカイルの母方の親族の詳細をマルクから聞く予定だった。縁を切ったのは父方だけなのでこのまま調査を続行してもらうことにした。カイルはもう、うちの子だ。

ジュエル

カイルとケインが無事で良かったわ。私たちの子どもたちは少し成長して帰ってきたようね。意思がハッキリ出せるようなしっかりした顔つきになったわ。

ジーン

カイルがどれだけ気を張って頑張っていたのか、しみじみと考えてしまったよ。うちに来てからカイルが初めて声をあげて泣いたんだ。もっと普通に泣けるようにしなくてはいけないね。

ジャネット

六章 精霊と遊んだ子どもたち

My life in another world is a bumpy road ahead.

　夕食後のひと時はいつもなら玩具《おもちゃ》を出して遊んでいるのだが、居間のテーブルに領の地図を出して皆で囲んだ。子猫たちはぼくとケインの膝《ひざ》の上だ。

　父さんが誘拐事件を知ったのは城に着く手前で、現場にいた非番の騎士が市での騒動を知らせに来たからだった。

「事の始まりは市でちょっとした賭《か》けの話が持ち上がったことだった。ある男が居並ぶ露店主たちに、お前らの中で商品を最初に売り切った奴《やつ》に破格値で鍋を譲ってやる、と言い出したんだ」

「なべ？」

　話の始めから頭に疑問符が浮かぶ子どもたちに父さんと母さんが説明してくれたのは、鉄製品の領外持ち出し規制についてだった。良質な鉄鉱石を産出する鉱山が北門より先にあるが、需要に合わせてたくさん採掘してしまうと土地の魔力量が減少して瘴気《しょうき》が湧《わ》き、魔獣暴走が起こってしまうらしいのだ。鉱石の流通が制限されると、少ない良質な鉄を求めて農具や鍋といった製品の値段が高騰し、領外から輸入した製品の方が安くなってしまい、鍛冶ギルドが規制を求めたため、鉄製品の輸入に関税をかけ、輸出も制限しているのだ。

　良質な鉄鉱石は外国でも人気が高く、特に農村部では検問が甘いことを理由に外国の行商人が買《か》い漁《あさ》るので流通が少なく、農村部から市に出店していた露天商たちには魅力的な儲《もう》け話だった。同じ領内で自宅用だと言えば門の検問を通過でき、高額で転売できる上、腐るものでもないから資産価値が高いのだ。

「そんなに価値のあるものを安値で売る賭けなんて、胡散臭《うさんくさ》い話を信じてしまったのかな？」

「その男は、自分は店を畳んで王都に出るから大鍋は持ち出せないし、早く現金化したいから楽しく処分しようとしたらしい。農村部から出てきた露店主たちも早く帰りたいから、皆話に乗ったんだ。それだから、競うように半額で売り出し始めたんだ。押しつぶされて怪我《けが》した人たちも相当いた惨事になったにもかかわらず、騒動が鎮まると男はいなくなっていたんだ」

「私とお義母さんは騒動で子どもたちと逸《はぐ》れたと思って、大声で名前を呼んだわ」

母さんは思い出すだけで、怒りに手を震わせた。

ボリスの妹が、ぼくたちが攫《さら》われるのを目撃しており、比較的早い段階で誘拐事件が発覚した。

「騎士団の本隊が到着するまでミレーネさんが指揮を執って門の封鎖を呼び掛けていたわ」

ぼくたちが拘束されて荷馬車で検問所に着いた時に連絡は間に合わず、塩と酒しか積んでいなかったのに簡単な検査で通過してしまったのだ。

ぼくたちが拘束された経緯を知った家族たちは門番に激怒した。ぼくもあの時は切なかった。

「攫われた状況と、門番との会話は騎士団でも聞かれるから覚えておきなさい」

父さんが後日行われる事情聴取の要点も教えてくれた。

拘束を何とか解《ほど》いて、渋滞を回避するために街道から逸れた荷馬車が、速度を落としてから飛び降りた話に、母さんとお婆が、怪我がなくて良かった、と涙を拭き始めた。

父さんは鳩の魔術具を提供して騎士団での捜索に参加し、母さんとお婆はボリスの自宅で続報を待つ傍《かたわ》ら、気を紛らわせるため饂飩《うどん》をひたすら打って、騎士団に差し入れしていたらしい。そのころぼくたちは迷子になっていた。

父さんは南門で渋滞を避けて街道を逸れた馬車が数台いるという情報を得て現場に到着したが、真似《まね》をした馬車が数台行き来して現場が荒らされており、捜索が難航するかと思われた。試しに鳩の魔術具を飛ばしてみるとケインの鳩が飛び立って沼地にハマった荷馬車を発見したのだ。

その頃ぼくたちはトイレを隠して白い布を被ってススキを持っていた。

「ケインの鳩だけ飛んだのはどうしてかしら？」

心当たりはある。……鳩の魔術具はアレを追っていったのだろう。

「無人の荷馬車には酒と塩とケインの排せつ物があったんだ」

ススキまで被《かぶ》せて誤魔化《ごまか》したつもりが、父さんが微調整した鳩の魔術具は二羽とも飛び立ちぼくたちのトイレを騎士団が捜索したようだ。恥ずかしい。

日没が迫ってきたのに鳩が飛び立たなくなり、その日の捜索は縮小化され、父さんは領都に戻り、野営の装備がある部隊と交代した。

父さんは自宅に帰ると、夜間の死霊系魔獣の出没事情から湧き出《で》てくる絶望感に打ちひしがれそうになったが、鳩の魔術具を改良し、母さんとお婆は昼の饂飩に続いて差し入れのラーメンを打ち続けていた。何かし続けなければ正気でいられなかったようだ。

「お前たちが被っていた白い生地は魔力を通しにくい最高級の生地で本当に魔力を遮断していたんだよ。その時は知らなかったから本当に焦《あせ》ったぞ」

人間や魔獣を地中に引きずり込む魔獣が出没していた形跡があったようなので、洒落にならない絶望感だったようだ。伝説の魔獣沼が本当にいたのだろうか⁉

「よく魔力を遮《さえぎ》ろうと思いついたね」

「ぼくが魔獣の気配を探っているように、魔獣も獲物の気配を探っているのなら、体から湯気のように漏《も》れ出ている魔力を下に流そうと考えただけだよ」

「にいちゃん、すごくあたまがいたくなったんだよ」

母さんとお婆は絶句して、父さんがきつい口調で言った。

「それは魔力暴走かもしれない。子どもが魔力を使うと加減ができずに体中の魔力を一気に放出してしまい、魔力枯渇で死んでしまうこともあるんだ」

マジか！　黒いのに助けてもらえなかったら……最悪死んでいたのか。

膝の上で眠り込んだ子猫をなでながら気持ちを落ち着かせた。

「ちょっと焦っていたから無理したようだけど、すぐ治まったから、大丈夫だよ」

「無茶をしなければ生きのこれない状況だったけれど、今後は気を付けなくてはいけないよ」

ぼくたちは玩具にしか魔力を使わない約束をして、どうやって洞窟にたどり着いたか話した。

「ひかるものがたくさんあつまってきたんだ」

「色とりどりのこのくらいの大きさで、向こう側が透けて見える光だったよ」

ぼくがケインの説明を補足しても現実味のないメルヘンな説明になってしまった。

「すごくきれいで、いっしょにグルグルまわってあそんだよ」

「ぼくたちが持っていたススキに集まって来てススキを回せば一緒に回ってくれたりしたんだ」

大人たちはしばし黙り込んでしまった。

「……それは、言い伝えにある精霊に似ているけど、誰《だれ》も見たことはないんだよ」

父さんも母さんも見たことがないし、見た人も知らないと言った。

「ボリスがマルクに話してしまっただろうから、公になるのは止められないか……」

何か不都合なことがあるのだろうか？

「精霊は精霊神の使いと言われている。神様の使いと遊んだ子どもがいるとなったら、教会も王様も黙ってはいないだろうね」

お婆の言葉に、面倒事に発展しそうな予感しかなかった。

「面倒事は後で考えることにして、精霊たちと遊んでどうなったんだい？」

父さんに話の続きを促され、ぼくたちは精霊たちについて行き、光る苔の洞窟で一晩過ごした経緯を話した。

「ボリスの干し肉が三枚と、ケインの飴玉六個を分け合って食べたんだね」

食べ方をよく考えた、と父さんとお婆が褒めてくれたが、母さんは何か気に掛かったようだ。

「ケイン。飴玉は何回食べたのかな？」

母さん！　そこは掘り下げて聞くところじゃないよ。

「よると、あさと、かえるとき……だから、さんかい！」

ケインは指を一つずつ立てながら正解を数える。ぼくは気恥ずかしくて顔を上げていられなくなり、子猫をせわしなく撫でまわした。

「よく数えられたね。おにいちゃんは飴玉を食べていたのかしら？」

「……みていなかった」

「いいんだよ。いつ助けが来るかわからなかったから、食べ物を残しておきたかっただけなんだ。お水を飲んだら体も痛くなくなったし、朝起きたら体力も戻っていたし、大丈夫だったよ」

「……ボリスは、たべものはみんなでたべようっていってたよ」

「ボリスはみんなに分けてくれたね。ボリスは優しいね」

話題の主役を逸らそうとするけれど、大人たちは目を潤ませて、なんて健気《けなげ》な子どもでしょう、という表情でぼくを見た。

ぼくはただ生きのこりたかっただけなんだ。ぐずる子どもを宥《なだ》めるより、飴玉一つで何とかなるなら、手数を残しておきたかっただけなのだ。

「自分の分まで分け与えるなんて、皆いい子だったのね」

母さんがちょうどいい落としどころを見つけてくれた。

「喧嘩《けんか》もしないで仲良く過ごせたのも、三人とも無事に帰って来れた理由の一つだな」

「精霊がそばにいると気持ちが落ち着いて、あまり悪いことを考えなくなるんだ」

「せいれいさんはすごいんだよ」

洞窟の中でも精霊たちにお世話になったことを話した。

「洞窟を出て麻袋を木に縛り付けた時には、もう精霊はいなかったんだな」

「いなかったよ」

光はついてきていなかったはずだけど、ぼくは若干楽観的になっていたからいなかったとは言い切れない。黒いののように見えないだけかもしれない。

そこからケインは大山猫と灰色狼の死闘を擬音語だけで語りだした。家族皆でそれを笑って聞く楽しいひと時が過ぎた。

「そうこうしている間に鳩が飛び立ったんだ。あのときの感動は一生忘れないさ」

「ぼくたちも鳩が見えた時は嬉《うれ》しかったよ」

「いきていてよかった」

ぼくたちが大冒険した足取りを地図に印したら、馬車を降りてから見事にひらがなの『の』の字を描いており、遭難したら無暗に動いてはいけないことを改めて理解した。


「カイル、寝る前にもう少し話せるかい」

子猫の世話はお婆とケインに任せて、父さんと母さんと居間に残った。

どうやら今回の誘拐事件は市で子どもが攫われたことより、城壁の外で子どもだけで生き延びたことが大騒ぎになっているようだった。

「騎士団の詰め所で聴取をする予定だったが、領主さまも興味を示されたので、おそらく登城することになる。ケインは幼いから直接口上を述べる必要はないが、カイルには声がかかるだろう」

「身分的にも年齢的にもボリスが適任でしょう？」

「あの子は騎士団でもそそっかしいことで有名な子で、走り回るなと言われている場所で走り回って肥溜《こえだ》めに落ちたり、触るなと言われている警報の魔術具を押したり、いろいろとやらかしているんだ。ボリスの登城をマルクは認めないと思うぞ」

しっかり前科があったから、家族の当たりがきつかったのか。ボリスの兄たちの性格の悪さを疑ったが、そもそもボリスが家族に迷惑をかけていたのか。

だが、今回はそんなボリスを引っ張り出したい。ぼくが口上を述べるのが嫌だからではない。自己肯定感の低いボリスの自尊心を高める、絶好の機会なのだ。

「それでも、ボリスが代表じゃなきゃ身分的にも後々面倒なことになってしまうよ。どんな粗相があったとしても、ぼくたちは幼いから仕方がないよ。登城できるような素養なんてないもん」

「そんな素養は先方もはなから期待していないはずだよ」

「どうにか公の謁見《えっけん》になることを避けて偶然出会えたように装えないかしら。それなら無礼講に持ち込めるでしょう？」

森のくまさんでもあるまいし、うっかりお城で領主さまに出会う状況が作れるのだろうか？

無理だろう。

「子どもたちが偶々《たまたま》城にいるという状況を作るのが難しいな」

三人で悩んでいると、子猫の授乳を終えたお婆とケインが戻ってきた。

「下の階にも猫のトイレを用意したよ」

「ありがとうお婆」

「カイルとケインが無事に帰って来て、こんなに可愛《かわい》い家族が増えたのは精霊のおかげだから、精霊神の祠《ほこら》にお礼参りに行きたいね」

「せいれいのかみさまがいるの？」

「その手があったか!!」

ぼくとケイン、父さんと母さんで反応が真っ二つに分かれた。

「精霊たちを束ねる精霊神の祠はお城にあるんだ。建国の英雄はこの領主さまのご先祖さまで、精霊神のご加護を得てこの地を安寧に導いたとされているのさ。精霊神の祠は領主一族が管理しておられるんだよ」

「それか！」

「だから何だい？」

少し遅れて理解したぼくに、事情がわからないお婆が訊いた。

「精霊神の祠にお参りに行かなければいけないということだよ」

騎士団の聴取は騎士団の詰所で、領主さまとの面会はお城で偶然出会えば、問題解決だ。祠に魔力が奉納できるのは五歳からだからボリスに任せて、ぼくたちは後ろからお祈りすればいいだけだ。偶々領主さまに出会ってもぼくたちは後ろで畏《かしこ》まっていればいいだけだ。

「明日にでも祠参りの許可を申請しておくよ。騎士団の事情聴取もお前たちの体調を考慮して、三日後くらいに調整してもらおう」

面倒だけど仕方がない。精霊たちに保護された子どもなんてレアすぎるもん。


騎士団での事情聴取は三人同じ日に呼ばれたがバラバラにされるようだ。

四日ぶりに会ったボリスは家族に同じ話を何度もしたのに、また繰り返さなくてはいけないことを嘆いた。子猫のお世話が唯一の楽しみで、ミルクの回数が多くて大変だ、とこぼした。

哺乳瓶《びん》を差し入れると喜んでくれた。毬藻《まりも》みたいな光る苔は自分では枯らしそうだからと三つともくれた。哺乳瓶の対価にしては希少植物すぎるので、お礼を考えなくてはいけない。

すれ違う騎士たちが次々と、お婆と母さんが作ったラーメンのお礼を言われたが、救助されたのはぼくたちの方なのでお礼を言い合うことを繰り返した。

事情聴取の部屋に入ると、騎士団長を含む六人の師団長は熊のように大柄で、円卓の会議室が狭く見えた。

お茶とお菓子も用意されており、和やかに談笑しながら始まった。みんなラーメンの話から始まるのだが、ボリスの家で打っていたのは饂飩で、自宅で真夜中に打っていたのがラーメンなのに、全《すべ》ての麺類の固有名詞がラーメンになっているようだ。

そんなことをのんびりと考えていられたのは冒頭だけだった。

誘拐の経緯だけでも同じ話を繰り返し話さなければいけなかった。

「犯人は『黒い髪の子ども』ではなく『黒っぽい髪の子ども』と言っていました」

些細《ささい》な違いを何度も聞かれて、ボリスの苦労が理解できた。荷馬車を飛び降りてから、ぼくたちは東西南北を見失っており、影がどの向きにどのくらいの長さだったかなど全く覚えていないことも何度も聞かれた。

「小用にススキを被せたのは、魔獣に気付かれないようにするためです」

「小用をとび散らかしたのは、子どもは何かと競争する生き物だからです」

「突然頭が痛くなったのは、考えすぎたからです」

「精霊らしきものが現れたら、不安が消えてついて行きました」

「商業ギルドで飴玉をもらえたのは、ギルドがお婆を不当に扱った詫《わ》びであります」

「旗を取り付けたことに安堵《あんど》して、周囲の警戒を怠り、魔獣の接近に気が付きませんでした」

同様の質問が続くと、何も考えず定型文のようにスラスラと答えられるようになっていた。

「ふむ。こんなに小さいのによく詳細まで覚えていたね」

終わり際に騎士団長に褒められたが、もう疲れて愛想笑いもできなかった。

部屋を出る前に師団長として参加していたマルクさんがボリスの父として個人的に礼がしたいと声をかけてきた。

「今回ボリスが生きて帰って来られたのは君がいてくれたおかげだ。本当にありがとう」

騎士団の偉い人なのに人目も気にせず頭を下げた。

「いえ。ぼくもボリス君に助けられました。干し肉を分けてもらっただけではなく、ぼくが用心してなかなか踏み込めないところで先陣を切ってくれました」

「君はあの子をそう評価するのかい？」

「緊張感のある場面でも和ましてくれましたし、ケインの面倒も見てくれました」

マルクさんはぼくの目線に合わせるように両膝をついてくれた。

「うちには子どもが四人いて、上の三人は男三兄弟で親族一同騎士家系だから、揃《そろ》いも揃って皆腕白できかない子が多いが、ボリスはその中でも格別に手のかかる子で、考える前に行動してしまうきらいがある。街の外では一晩どころか一刻だって生きてはいられなかっただろう」

「街から離れていく馬車から飛び降りない分別はありましたよ。まあ、木の洞に頭から入っていった時は焦《あせ》りましたが、悩んでいても時間の無駄でしたからボリスが正解でした」

「安全確認もせずに侵入するなんて馬鹿《ばか》のすることだ。君ならしないだろう？」

「ぼくはビビりで根性なしだからです。山小屋で生きのこったのも母親のスカートの中に隠れていたからです。弱虫だから周囲を警戒してばかりいます。精霊たちがそばにいると警戒心が低くなります。精霊について行って安全な場所にたどり着いたのだから今回はボリスが正解です」

「君はボリスを信頼しているんだな」

「信頼はしていますが、用心もしています。次に何をするのか予測がつかない時もあるので」

マルクさんは破顔してぼくの肩をポンと叩《たた》くと立ち上がった。

「洞窟で眠る前にボリスと少し話しました」

「さっきの聴取では話さなかったことかい？」

「個人的な相談事でしたから」

「相談事？」

「子どもらしい荒唐無稽《こうとうむけい》な話なので、内緒です。でも約束したんです。うちでまた遊ぼうって」

「もう少し落ち着いて治安がよくなったら大丈夫だ。ボリスをよろしく頼むよ」

「ありがとうございます。こちらこそよろしくお願いします。幼児のうちは身分差も気にせずに友達でいられます。だから、頼まれることは何もありません」

マルクさんは、ハハハと声を出して笑ってぼくの肩をバシッと叩いた。手加減してくれたのだろうが、今度の当たりは結構痛かった。


部屋を出ると別室で聴取を終えていた父さんとケインに合流した。ケインの聴取は擬音語が多く、父さんの通訳が必要だったのだ。三歳児に事件の経緯を説明させること自体無理がある。

騎士団の食堂で昼食を済ませた後から母さんとお婆と合流し、登城して祠に参拝する予定だ。

食堂ではボリスが二人の兄と食事をしていた。ぼくたちが挨拶《あいさつ》をしようと近寄ると、二人はぼくたちを見るなり起立した。

「この度は弟が大変お世話になりました。ぼくはボリスの長兄でオシム、こっちが次兄のクリスです。王都の初級魔法学校に在籍していますが、夏休みの帰省中です。当日、騎士団の見学に参加せずに家族に同行していたなら、こんな事態は避けられたかもしれなかったのに、申し訳ありませんでした」

大きな声で謝罪して頭を下げるので、食堂にいる騎士たち全員の注目を集めてしまった。

「いやいや頭を上げて。あの場で男性陣が下がってから狙《ねら》いをすませたように騒動が起きた。子どもの背丈ではどうにもならかった。女性陣にも言ったが、あの騒動で計画的に誘拐されたら阻止するのは難しかった。今後の課題は市、いや、街の治安の改善だよ」

それは大人の仕事だ、と言う父さんの話を真摯《しんし》に聞くボリスの兄たちは、顔こそボリスに似ているが、凛《りん》とした姿勢が見習い騎士らしい真面目《まじめ》で誠実な子どもに見えた。ボリスの話に聞いたような、意地悪なお兄さんには見えず、本気でボリスのことを心配していたのだろう。言い回しが家族だから乱暴になっていただけなのかもしれない。

「ここのごはんはおいしいね」

空気を変えてくれたのはケインの一言だった。弟は可愛《かわい》い。ボリスの兄二人も可愛い子だね、という優しい目で見ている。

注文もしていないのにカウンターのそばにいた騎士がご飯を運んできてくれたのはマルクさんの指示だろう。ボリスがこういうさり気ない家族の優しさに気付けばいいのだ。

「ボリスと一緒に食べるからなおさら美味《おい》しいよ」

「カイルとケインとおなかいっぱいたべられるなんて、いきててよかったよ」

ぼくたちは三人で頷《うなず》きあった。遠巻きに見ていた騎士たちも感慨深げだ。

「帰宅してからのボリスは言葉遣いも直り、母の言うこともよく聞くようになりました」

「別人のようと言うほどではありませんが、死にそうなほどの苦労をすると変わるものですね」

人間の本質はそう簡単には変わらないから、幼児期の反抗期でなかったなら数日で戻るだろう。

「さっき、マルクさんが落ち着いたらまたぼくの家で遊べる、と言ってたよ。いいよね、父さん」

父さんに確認していなかったから、目力でいいでしょう？　と訴えた。

「ああ。街の治安が確認されてからな」

「うらやましいな。ジュエルさんのお宅は施設が充実している上、元飛竜騎士がいますよね」

「うちの領から王都の飛竜騎士になれるなんて憧《あこが》れます」

あれ？　そんな凄い人がうちに手伝いに来ているのか？　厩舎《きゅうしゃ》の人かな？

「騎士団を引退した馬を引き取った伝手《つて》で、イシマールさんに面倒を見てもらっているんだ」

ボリスの憧れを体現した人がうちに来ているなんて、灯台下暗しだ。

「君たちが夏休みの間に落ち着いたら遊びに来たらいいよ」

「ありがとうございます」

兄たちも嬉しそうだ。このままボリスの家での待遇がよくなるかは本人の行動次第だ。

このあと、ボリスの家族と合流して精霊神の祠に参拝だ。後は計画通りボリスに任せよう。


お城の敷地はとても広くたくさん歩いて待ち合わせの場所に着くと、馬車に揺られてきた母さんの顔色が悪かった。ただでさえ揺れる馬車のうえ石畳と車輪は相性が悪い。

ボリスの家族と合流して長い挨拶を交わし、ようやく精霊神の祠に向かうことになった。

噴水や低木が迷路のように配置され、季節の花々が品よく植えられた見目麗しい庭園なのだが、どことなく違和感がある。何だろう？　魔力のムラに規則性があるのかな？

ぼくは密《ひそ》かに庭の気配を探ってみた。

庭の真ん中に街中にある七大神の祠より小ぶりな祠があった。魔力の輝きが半端《はんぱ》なく、祠を中心に均一だが複雑な軌道で放射状に魔力が広がっている。ここは巨大な結界の中心地だ。広がった結界は街の結界と重なり合い、より複雑な結界になっている。つまり、ここは領の要なのだ。

「どうしたんだい、カイル。随分と興味深そうだね」

マルクさんにそう問われるまで集中して気配を探ってしまった。

「あまりに美しい庭なので圧倒されてしまいました」

「この庭園は王城に勝るとも劣らないからね」

気配を探っていたのはバレバレだっただろうが、マルクさんはサラッと流してくれた。

祠に着くと大人たちが先に魔力奉納をした。子どもはボリス兄弟だけしか魔力奉納ができないので、ぼくとケインは後ろからお祈りする予定だったのだが、その格好がおかしいのだ。

ぼくとケインはあの日と同じように、白い布を被《かぶ》ってススキを手にしていた。

精霊神にお参りするのだから精霊たちに気に入られた格好をすべきだ、と一部の騎士が気を利《き》かせて用意していたのだ。母さんとお婆はとても喜んだが、ぼくは恥ずかしい。

魔力奉納を済ませたボリスもススキを受け取り、ぼくたちの被っている布の中に入った。

「こうやってススキを持っていたら光るものが……」

説明の途中で庭中のあちこちから色とりどりの光が湧き出てきて、あの日を再現するようにぼくたちと戯れだした。精霊たちの数はあの日の方が多かったけれど、初めて見る精霊たちに周囲の

人々が息を呑《の》むのがわかった。美しい庭園と相まって幻想的な光景だ。

「まあ。なんてきれいなのでしょう！」

女の子の声に振り返ると、キャロお嬢さまとその隣に大勢の従者を従えた壮年の男性がいた。

間違えようがない。この人が領主さまだ。後ろに立たれるなんて想定外だ。ぼくがボリスより前に出てしまっている。

「これはなぁに？　みんななにをしにきたの？」

「せいれいのかみさまに、おれいをいいにきたんだよ」

物怖《お》じしない代表格のケインがキャロお嬢さまと幼児らしい会話をしている傍らで、大人たちが跪《ひざまず》こうとするのを領主さまが片手で制した。

「無粋だよ。無礼講だ」

領主さまはあたふたする大人に人さし指を口元に立てて囁《ささや》いた。

「せいれいたちは、なにしにきたの？」

「ぼくたちとあそびたいのかもしれないよ」

「わたくしも、せいれいとあそびたい」

お嬢さまの無茶ぶりに周囲の大人は慌てた。精霊たちがキャロお嬢さまの機嫌を取ることはないのだ。何が起こるのかと護衛の騎士たちの間に緊張が走った。

「これをもって……」

ケインは臆することなくキャロお嬢さまにススキを半分手渡し、ススキの穂をクルクル回して穂先に集まった精霊たちと遊び始めた。キャロお嬢さまもケインを真似してススキを回すと精霊たちが光を点滅させた。

ケインは布から飛び出すとススキを持って、ぼくとボリスの周りを走り回り出した。精霊たちとキャロお嬢さまが後に続いた。領主さまの眼前でこれができるケインの心臓には毛が生えているに違いない。

そうこうしているとボリスも布を抜け出してススキを大降りに振り回している。ススキの軌道に沿って暖色系の精霊が移動する様は手持ち花火のようだ。ぼくの周りにも緑や青の精霊たちが集まって来て、気が付けばみんなと一緒にススキを振り回していた。

煩《わずら》わしい気持ちはすっかり消え失《う》せ、そのまま精霊神に感謝する言葉が口をついて出た。

「建国の折よりご加護を与え給《たま》う精霊神よ。我らの困難に御身の僕《しもべ》たる精霊をお遣わし下さったことに感謝申し上げます。我が少なき魔力をもって奉納とさせていただきます」

ボリスが魔力奉納の時に唱えたお祈りを言い終わると、ぼくたちのススキに集まっていた精霊が一つの光の束《たば》になって精霊神の祠に吸収されてしまった。

「せいれいさんたち、かえっちゃったね」

「かえっちゃいやぁ」

「おしろのおにわにいるのだから、いいこにしていたら、またあえるよ」

ボリスが良い締めの言葉を言った。やっぱり少し成長したのかもしれない。

「いつもうちの孫娘の相手をしてくれてありがとう」

マゴムスメ。まごむ……孫娘！

キャロお嬢さまは領主さまの孫娘だったのか!!　これは勝手に精霊たちを帰してしまったのはマズかったのではないか。背中に冷や汗が伝った。

「私はこの庭の責任者のエドモンドだ。先ほどの魔力奉納に感謝するよ。魔力は大丈夫かい？」

ただのお庭番ではないキャロお嬢さまの祖父が、優しい口調で話しかけてきた。この質問の応答ならボリスが担当では……。領主さまはぼくを見ている。

「魔力のことはよくわかりませんが、精霊たちに会うと心が落ち着き体が軽くなります」

「せいれいたちは、げんきをくれます」

いいぞ、ボリス。もっと喋《しゃべ》れ。ぼくはすうっと後ろに下がった。

「君たちの名前を教えてくれるかい？」

あっ、自己紹介はボリスから行け！　お前が子どもたちのリーダーだ。

「おはつのおめみえしたします。だいさんしだんちょうマルクのさんなんボリスです」

何かちょっと違うけど上出来だ、ボリス。あれ！　ぼくは父さんの所属と役職名を知らないぞ！

「お初にお目見え致します。城付き文官ジュエルの長男カイルです」

「おはつにおめいえいたします。カイルのおとうとのケインです」

言えていないけれど、可愛いから良し。

「わたくしはキャロラインよ。みなさん、なかよくしてもよろしくってよ」

キャロお嬢さまの唐突な挨拶に、領主さまはやにさがった普通のお祖父《じい》さんになってしまった。

「今回みんなは大変な目に遭ってしまったが、街を安全にすることを約束しよう。だから、またうちの孫と遊んでくれるかな？」

ぼくたちに会いたがったのは孫可愛さのためだったのか‼

「はい、よろこんで！」

どこかの居酒屋の店員のように元気よく返事をしてしまった。

こうして精霊と遊んだ子どもたちにキャロお嬢さまが加わった。

帰りの馬車で領主さまとお庭で偶然出会った計画を遂行できたことにホッとしたが、酷《ひど》く揺れる馬車に母さんの体が心配になった。

母さんがこのところ、いつも同じくらいの時間帯に具合が悪かったのはおそらくつわりだろう。

「揺れの少ない馬車ってないのかな？　せめて揺れを軽減できるクッションでもあればいいのに」

「そうだね。この揺れはジーンの体に障るね」

お婆も賛同してくれた。

「そこまで酷い揺れか？」

あれ？　父さんはまだ気が付いていないのか！

「このくらい大丈夫だけど、揺れを吸収するクッションがあったら便利よね」

「……体に障るって……もしかして！」

「それはおうちに帰ってから話しましょうね」

「あああぁぁぁ……ジィイイイイイイン!!」

耳をつんざく絶叫だ。

「「「父さんうるさいよ」」」

なるほどね。大騒ぎするのは家に帰ってからにしろ、ということなのね。

カイルもケインもいい子に育っている。今度の赤ちゃんも楽しみだ。子ども部屋をもう一つ作ろう。哺乳瓶を作れば俺《おれ》でも授乳できるかな。二階に手洗い場も欲しいな。

ジュエル

赤ちゃんは春になるまで生まれないから哺乳瓶はまだ作らないでね。二階にトイレを作るのは賛成よ。妊娠後期はトイレが近くなるものなのよ。

ジーン

七章　魔獣ペットたち

ぼくたちは家に帰ってからお祭り騒ぎになった。

母さんに無理をさせないように気を使う父さんの暴走を止めるために、ぼくは便利家電のアイデアを提案して、家庭内平和の一石二鳥を狙《ねら》った。

父さんも思うところがあったようで、家の改装が始まった。二階にも水回りを整備しようということになったので、トイレの魔術具をお願いした。

便座が温かくてお尻《しり》も洗う高機能便座を黒板に描いて説明した。我が家のトイレは金隠しのない和式トイレもどきで溝に穴が開いているのをまたいで用を足すのだ。これからお腹《なか》の大きくなる母さんには座れる方が良い、と力説したら、お婆が興味を示した。

土魔法や錬金術を駆使して庭に試作品のトイレをいくつも作った。子ども用補助便座にハンドルを付けたりしていると家族皆でああでもない、と始まり自動洗浄機能までついた高機能トイレに仕上がった。

改装期間中のトイレが個人別のおまるだったことの謎《なぞ》は、後に解明されることになる。

誘拐事件後は遊び部屋に子どもたちも来ないので、ぼくとケインはお手伝いをしながらお勉強をすることにした。家族みんなのお手伝いと称してついて回った。

魔法については五歳になるまで魔力操作の練習はできないし、魔法の知識も魔法学校に入学するまでは学べなかったが、魔石の種類や管理の仕方は見て学ぶことができた。

母さんは昆虫の小さな魔石まで加工することができるので、ぼくとケインは昆虫の死骸を見つけると魔石を取り出す癖《くせ》がついた。随分たくさん集めたのね、と母さんに驚かれたが、黒いのも探してくれるから簡単に見つかるのだ。

ぼくとケインのお手伝いブームは厩舎《きゅうしゃ》で働いているイシマールさんのところにも広がり、お馬さんカッコいいね、と言いながら厩舎の掃除も進んでした。いつの間にか鶏舎《けいしゃ》もあったのでぼくたちでも手伝えることはそれなりにあった。

褒められるのが嬉《うれ》しくなったケインは新しい敷き藁を運ぶ作業まで手伝いたがったので、父さんが魔力アシスト三輪車を制作して荷台を連結できるようにしてくれた。

こうして朝から速度制限のついた三輪車のペダルを元気いっぱい漕ぐケインを、イシマールさんと一緒に歩きながら見守ることが日課になった。

元飛竜騎士のイシマールさんにボリスのことを相談した。

「ボリスの兄さんたちは王都病に罹《かか》っただけだよ。王都の魔法学校に入学すると、田舎者扱いされるし、王国中から優秀な子どもが集まっているから、自分が駄目な子のように感じてしまうのさ」

自己肯定感が下がるから弟もなおさら駄目に見えてしまうだけだ、と語ってくれた。

イシマールさんから、領と王都でこの国、ガンガイル王国の歴史の認識が違うことを教わった。

辺境伯領と言われる王国の北の端の僻地《へきち》ながら、ここが建国の地であり王家の方が分家なのだが、王都では誰《だれ》もそんな扱いはしない。辺境伯領出身者にはアイデンティティーの崩壊を起こしそうになるほどの衝撃を、身分が高い人ほど受けるらしい。

お婆が王都出身者だからといって商業ギルドで不利益《ふりえき》を被《こうむ》ったのも、領民の王都嫌いが関係しているらしい。庶民に王家の本家も分家も関係ないだろうと思うのだが、地方には地方の誇りがあるのだろう。

サイロに到着すると三輪車をケインと交代して、所定の位置に後ろ向きでピタリと駐車した。ぼくは荷台の連結を切り離し、サイロに新しく作られた専用のボタンを押した。

荷台の大きさに合わせた扉が開くとフォークリフトのツメが出てきて荷台の下に入り込み、そのまま荷台を持ち上げてサイロの中に収納した。

「こいつは凄《すご》いな」

「父さんに頼むとどんどん機能が増えちゃった。でも、毎日する作業だから少しでも楽にできたらいいでしょう?」

「俺《おれ》には小さすぎるが、なかなかいいものだ」

「ぼくがまいにちてつだうよ」

「ハハハ、有《あ》り難《がた》いけれど、毎日お手伝いするのは大きくなってからでいいよ」

「毎日お手伝いできる体力がないよ。雨降りの日もあるんだ。できる日だけ頑張ろうよ」

「ああ、こっちもその方が助かるよ」

子どもの相手をしていたら仕事も滞るのに、イシマールさんは面倒見が良い人だ。

サイロの扉のボタンが光ったのですぐさま押すと、ピーッピーという警告音と共に餌や敷き藁を積んだ荷台がサイロから出てきた。警告音が止まるまで荷台に触れない約束を父さんとしていたから、ぼくとケインは大人しく待っていた。

「かえりもぼくがのってもいい？」

「いいよ」

警告音が止まり、三輪車に荷台を連結させると、ケインは嬉《うれ》しそうにこぎだした。ぼくはイシマールさんとゆっくり話せて嬉しい。

「家の改装が済んだら、厩舎の設備も改装するそうです。新しいトイレは凄いことになっているから、楽しみにしていてください」

「凄いトイレなんて想像できんが、カイルの家族は皆多才だから、何か面白《おもしろ》そうだな」

「ぼくもあんな風にいろいろ作れるようになりたいな」

「カイルは知識の神のご加護が篤《あつ》いから文官が適職に見えるが、まだ四歳なんだ。鍛えればなんにでもなれるよ」

「体力と魔力は期待していません」

「いやいや。カイルもケインも体力と魔力は年の割に多いぞ。お前たちは誘拐事件後、無意識に部分的な身体強化を使っているし、魔術具も玩具の域を超えて使いこなしている。常に大人が付き添っているのは過保護というより、魔力枯渇を起こさないか心配しているんだ」

身体強化って、黒いのが補助してくれていることかな。自分で魔力を使っている自覚がない。

「ぼくたち何かしていますか？」

「やはり無自覚か。ケインは今、足だけ身体強化をしているし、カイルはさっき三輪車に荷台を取り付ける時に腕と胸に身体強化をかけていたぞ。魔力探査は始終やっているだろ。魔力を薄く効率的に使っているから自覚がないんだ。だからやめさせようにも、どうにもならないから様子を見ているんだ」

「そうなんだ。お世話をおかけしています」

「なに、子どもは大人の手を借りて大きくなるものだ。気にするな。だが、毎日魔力を使って鍛えているようなものだからこれからが楽しみだ」

「えっ！　魔力って筋肉みたいに鍛えたら増えるのですか？」

「毎日使い切って寝て、翌朝に回復していたら増えているぞ。でも、五歳までは試すなよ」

「わかりました。でも鍛えても騎士は無理かな。戦争とか魔獣討伐とか向いていませんよ」

「俺も戦争はきつかったな」

「えぇ！　王国は戦争をしているのですか⁉」

「戦争しているのは帝国だが、軍を派遣する従属契約があるんだ」

「王国は独立国家じゃないのですか⁉」

「百年ほど前に帝国の属国から戦争を仕掛けられ勝利し、海まで続く国土を手に入れたが、面子《メンツ》をつぶされた帝国と争わないために軍事協定を結んだ。それを公表した後、帝国は王国を属国扱いするが、王国は戦勝国として互いの面子を保ったんだ。帝国留学すると属国の田舎者扱いされるぞ」

「なんだかさっき似たような話を聞きました」

「俺も話した気がするな。カイルは賢いから帝国の魔法学校への留学を推薦されるかもしれないぞ。頭の片隅に入れておけばいいよ」

そんなこんなで、ぼくはこの国の歴史の概要を知った。


トイレの改装が終わると家族全員大満足の結果になった。

おそらく父さんが自慢したのであろう、父さんのヘンタイ上司、いやラインハルトさまことハルトおじさんが遊び部屋にやって来た。最新トイレが目当てだろうが、ぼくとケインの拙い工作に何しているの、と介入してきた。

「何の変哲もない迷路ですよ。お勧めの玩具はこっちです」

子猫たちのために作ったゼンマイ式の鼠《ネズミ》の玩具を箱から取り出した。鼠を床に置いて後ろに引くと勢いよく走り出す仕掛けだが、不規則に曲がる設定をしているので子猫たちに評判が良い。

ゼンマイの音がしただけで二匹がドタバタと駆けつけてきた。

「みぃちゃんとみゃぁちゃんだ」

ケインが迷路の壁面の糊《のり》付けを固定していた手を放して、子猫たちに駆け寄った。

ああ。やり直しだ。子どもの工作なんてこんなものなので、ぼくは作りかけの迷路が壊れたのも気にすることなく鼠の玩具を手放した。

子猫二匹と大人一人と子ども一人が、トリッキーな動き方をする鼠の玩具を追いかけている。

そんな奇妙な絵面も気にせず、失敗した糊を雑巾《ぞうきん》で剝《は》がした。

みぃちゃんとみゃぁちゃんというセンスの悪い名前を付けたのはケインだ。名前を家族皆で相談していた段階で、ケインがみぃちゃん、みゃぁちゃん、と呼んでいたらその名前で振り返るようになってしまったのだ。みぃちゃんがぼくの子猫で背中がクリーム色でお腹が白く、みゃぁちゃんがケインの子猫で全身が真っ白で、二匹ともふさふさの長毛だ。

「カイル、この二匹の毛玉を何とかしてくれないか！」

鼠を捕まえたハルトおじさんはお気に入りの玩具を取られたみぃちゃんとみゃぁちゃんから可愛《かわい》い猫パンチを食らっている。幸せ者だ。

「みゃぁちゃんのおもちゃだよ。バラバラにしないでね」

玩具を目の前で解体されたことのあるケインはハルトおじさんの悪癖を熟知している。

「父さんが職場に一つ持って行っているはずです。分解するならそっちにしてください」

子どもと子猫たちの玩具を取り上げるなんて大人げないよ、と続けると諦《あきら》めて手放した。

そうするとぼくの制作中の迷路を気にし始めたので、乾かないので今日は遊べないと説明した。

「乾燥機を借りればいいじゃないか」

「乾燥機は干し茸《キノコ》に占拠されています。饂飩《うどん》の出汁《だし》に評判がいいんですよ」

「ああ、あれは美味《おい》しいよね。騎士団の食堂までわざわざ食べに行ったよ」

騎士団員たちの熱望で饂飩の作り方を騎士団の食堂に教えたら、爆発的《ばくはつ》人気を博したようだ。

ラーメンも食べたいと言い出して毎日家まで水を汲《く》みに来るので、父さんが製麵機を作ると、うちの敷地の端っこに製麵所ができて、引退した騎士たちが各種の麵を打っているらしい。

「それなら私が乾かしてあげよう」

ハルトおじさんは手袋を外すと上着のポケットに突っ込んで指パッチンをすると、組み立てたばかりの迷路の糊が乾いてしっかりと接着した。

ぼくとケインが拍手をすると、ハルトおじさんはだから早く何をするのか見せてくれ、と迫ってきた。みぃちゃんとみゃぁちゃんも寄ってきた。

ぼくとケインはベルトのポーチに入れていた瓶《びん》を取り出した。

みぃちゃんとみゃぁちゃんに手を出されないように、鼠の玩具のゼンマイを引いて遠ざけてから瓶のふたを開けた。

「これは清潔な環境でぼくたちが愛情込めて育てた粘性魔獣です」

「スライムか」

スライムは森で魔獣の死骸などを食べる森の掃除屋だ。スライムが活躍しなければ森は死霊系魔獣に乗っ取られてしまうので、重要な低級魔獣なのだが、下水処理にも利用されているので、イメージが悪い。実際このスライムもトイレの改装中に個人別におまるを使用したぼくたちの排せつ物を利用して、自分たちの魔力に染めたのだ。もちろん洗浄魔法をかけてからおまるから取り出したが、心情的にばっちい気がしてしまうので瓶に入れて飼っている。

「お世話をすると可愛《かわい》いんですよ。食の好みも個性があって、美味しいものがわかるんです」

「かわいいよね」

ぼくのスライムは半透明な黄緑色で、ケインのスライムは半透明な黄色で二匹ともチャーシューが好みで、ぼくたちがラーメンを食べているとソワソワするかのように瓶の中で震えるのだ。

「だが、スライムだろう」

ハルトおじさんが引き気味なのも理解できる。母さんとお婆もおまるに仕掛けがあったと知った時は、キャアキャア文句を言っていたが、飼い始めたら情が移るのが人心というもので、今ではスライムの好みの野菜を多めに刻んでいる。

トイレの改修の最大の理由が下水処理を生ごみも一緒くたにした浄化槽に変更して、スライムを家族の魔力に染まらないようにするためだったのだ。家族の魔力を持つスライムを悪用されるとうちの秘密の魔法陣を誰でも使えるようにされてしまうらしい。

だが、個人別の魔力に染まったスライムができるのではないか、という父さんのちょっとした好奇心で各々《おのおの》のスライムを飼育することになったのだ。

「スライムに指示を出して迷路を攻略させるのかい？」

「いいえ。自由に行動させます。ゴールにぼくの魔力がちょこっと入った魔石を置くので、欲しかったら自力で攻略できるのかなと考えたのです」

「カイルがくず魔石を染めたのかい」

「玩具を動かす時に魔石の魔力を一緒に使って中の魔力を空にしてしまえば、ポケットに入れているだけで自分の魔力が少し移りますよ。後はぎゅうっと握りしめるくらいしかしていませんよ」

ぼくとケインは広い庭に落ちていた昆虫の魔石をハルトおじさんに見せた。

「ハハハ。子どもが喜んで集めそうなものを有効活用しているな。どれ、やってみようか」

ぼくとケインはそれぞれのスライムを同じ難易度の迷路にスタンバイさせると、鼠を捕まえたみぃちゃんとみゃぁちゃんが戻ってきてしまった。邪魔しないようにぼくたちの膝《ひざ》に抱え込んだ。

ハルトおじさんがスタートの板を外すと、スライムたちは迷路の壁に阻まれても乗り越えることもなく最短ルートでゴールにたどり着いた。二匹ともほぼ同着だった。

「ケイン。食べられてしまう前にくず魔石を回収して」

冬になったら昆虫の魔石は手に入らなくなるので、ご褒美の魔力は指先から直接あげた。

「二匹とも同様な行動をしたということは、スライムが自ら思考して最短ルートを選んだのか⁉」

ハルトおじさんは偶々《たまたま》なのか、と言いながら頭を掻《か》きむしった。前髪だと思っていた髪は後ろから流していた毛だったようで、広すぎるおでこが丸見えになった。

これは気が付かないふりをしてそのまま接するべきか悩むところだが、ケインがあっと言った。

「ハルトおじさん、かみのけ、ずれているよ」

無邪気な子どもは気が付いたら口に出てしまうよね。

「ああ、これはねえ、こうすれば元に戻るんだ」

ハルトおじさんが下を向いてから上を見上げて、にやっと笑って見せた時には髪型は元に戻っていた。何ですか！　形状記憶毛髪ですか？　魔法なんですか？

「うーん。もう少し難易度を上げて検証してみようよ」

ハルトおじさんはスライムの検証に夢中になっているが、ぼくたちはハルトおじさんのおでこに視線が釘《くぎ》付けになったままだ。魔法ってこんな風に使うものなんだ。

「スライムたちが疲れていたら同様の検証になりません。さっきあげたご褒美の魔力も影響するかもしれません」

「もう少し遊びたいよね。ケイン？」

「ケイン、スライムに魔力をあげ過ぎないって父さんと約束したよね」

幼い子どもを誘惑するなよ！

「ハルトおじさんもスライムを飼えばいいんです。どうせトイレを改装するんでしょう？」

「あのトイレは欲しいけれど、ジャネットさんに負担をかけたらうちの妻に怒られてしまうんだ」

お婆の薬が人気すぎて品薄だから納期を遅らせるようなことをしたら許されないらしい。

傷用軟膏で済む怪我《けが》ならばお貴族さまなら魔法で治せないのかな？　ハルトおじさんの奥さんが怪我をするような仕事をするとも思えない……。もしかして美容目的か？

「カイル。何か気が付いていても言わないでくれ。男が口をはさんではいけない領域なんだ」

これは後でお婆と相談しよう。

「トイレを改装する前におまるを使うという手段もあるので、詳細は父さんに聞いてください」

「おまるか……。猛烈にスライムが欲しくなったから、仕方がない」

ハルトおじさんは一瞬悪い笑顔を見せた。何か企《たくら》んでいるに違いない。

「カイル、ケイン。子猫を一匹キャロラインに譲ってくれないかい？」

なんてこった。キャロお嬢さまをダシにしている。さっき悪い顔していたもん。

「ダメです」

ハルトおじさんはとても偉い人だと聞いている。ボリスの家なら断れないかもしれない！

「容姿の可愛い小型魔獣を捕まえて飼育したらいいんですよ。栗鼠や兎はすぐ増えますよ。その中で性格のいい子を献上したらいいんです」

「今すぐ欲しいからそこまで待てないよ」

うちの子を攫ったらハルトおじさんの前髪に扇風機の魔術具を強にして当ててやるぞ。

「勝手に連れ去ったりしないし、ボリスの家にも行かないよ。ちゃんと他を当たる」

「当たり前です」

みぃちゃんとみゃぁちゃんがハルトおじさんに猫パンチで抗議している。

「自分でお世話ができないうちは飼ってはいけないと諭すことも必要ですよ」

「ぼくもみゃぁちゃんのトイレそうじをするもん」

「……キャロラインよりキャロラインの侍女が許してくれなさそうだ」


お昼ご飯は新作の魔術具のホットプレートをイシマールさんにお披露目したくて誘ったのに、ハルトおじさんもいた。お婆と母さんが誘っていたのだ。無視するわけにもいかない地位の人だ。

ラーメンに使用したかん水からベーキングパウダーをお婆の錬金術で作ってもらったので、ホットケーキをたくさん焼くのだ。

お砂糖は商業ギルドからお詫《わ》びの品としていただいた。ぼくが騎士団の事情聴取で漏《も》らした一言で、うちへの嫌がらせの一環として誘拐を企んだのではと、重要参考人として騎士団で事情聴取をされたうえ、お婆を不当に扱ったことが暴露され、糾弾されたらしい。

頂き物とはいえお砂糖は高価なので、甘いものの他に、ベーコンやチーズをのせた甘くないものと二種類を作る予定だ。

お婆力作の錬金術で熱伝導に拘《こだわ》ったホットプレートに、母さんが菜箸でタネを垂らして温度を確認すると、サラッとタネで絵を描いてくれてた。少し時間をおいてからお玉でタネをまあるく流し込んだ。ちょっとした説明だけでできてしまう母さんが凄い。

「こうして生地の表面に小さな穴が開いて、崩れなくなってきたらひっくり返して……」

「うわぁ。かわいい！」

菜箸で先に描いた絵が茶色く焦《こ》げてみぃちゃんの絵になった。

「食べてしまうのがもったいないですね」

「大人には甘くない方も焼きましょうか」

「私は両方食べたいし、絵も描いてみたいよ」

「じゃあラインハルトさまに焼いてもらいましょう」

母さんはハルトおじさんに遠慮はしなかった。うちに遊びに来過ぎていて領の重鎮感がない。だが、ハルトおじさんが立ち上がって作業を始めると、イシマールさんが座っていられなくなる。何か頼んでしまおう。

「イシマールさんは体力がありそうだから、卵白を泡立てるやつも作ろうかな？」

母さんの妊娠発覚以来、台所仕事も手伝おうとする父さんに卵白の泡立てやマヨネーズ作りといった力仕事を頼んでいたので、母さんとお婆もピンと来たようだ。

「せっかくだからお願いしようか。お砂糖をたくさん使っても、蜂蜜があるから大丈夫だよ」

お婆はそう言うとイシマールさんと台所に行った。

ぼくのうろ覚えの知識で養蜂用の木箱を作ってもらって庭の片隅に放置していたら、蜜蜂が住み着いていたのだ。イシマールさんが発見した時には木箱から蜜が溢《あふ》れていて慌てて巣箱を増やしたらそっちにも定住してくれて、今では売れるほど蜂蜜がある。効率の良い蜜の収穫方法として、遠心分離機も作ってもらった。

「なんだかわかりませんが、できることなら手伝いますよ」

イシマールさんが手伝ったと聞いたら父さんなら速攻でハンドミキサーを作りそうだ。仕事を増やしちゃったかも。便利なものだしまあいいか。

ハルトおじさんが楽しくお絵かきしているのを眺めていたら、離乳の進んだみゃぁちゃんが、何か頂戴、と足元にすり寄ってきた。ハルトおじさんが焼いているかぎりぼくたちは食べられないので、みぃちゃんとみゃぁちゃんとスライムのご飯を先に用意した。

甘いホットケーキには蜂蜜、木苺《キイチゴ》のジャム、ホイップクリーム、カスタードクリーム、甘くない方には、卵サラダ、カッティングチーズ、ベーコン、ソーセージを用意した。

卵白のホットケーキは焼き上がりに時間がかかるから待っている間に食べることにした。

ホットプレートができ上がった時に家族は試食をしているので好みの組み合わせは決まっていたが、ハルトおじさんは全種類組み合わせを変えて試す勢いで食べている。体格の良いイシマールさんにも負けていない。二人はモリモリ食べながらも感想を言ってくれた。

「甘いのと、しょっぱいのを交互に食べると、無限に食べ続けられそうな気がします」

「いや、このしょっぱいベーコンに蜂蜜をかけると、一見合わない組み合わせに思える二つの味が口の中に広がって、ベーコンの燻味《くんみ》やら蜂蜜の香りやら絡《から》んで深みが出る。何て美味しいんだ。新しい味覚の発見にワクワクが止まらないよ」

「この卵サラダも初めての味です、卵黄にまろやかな酸味があり、癖になる味わいです」

「毎日新鮮な卵がたくさん手に入るようになりましたから、ふんだんに使えるようになりました」

「にわとりってどこからもらってきたの？」

ケインの素朴な疑問に母さんが答えた。

「最初の一羽は近所の鶏舎から逃げてきたのよ。卵を産まなくなったから、明日も産まなかったらつぶしてしまおうと話が出ていた鶏が夜のうちに入り込んでいたのよ。うちの馬、私たちだけじゃなく子猫たちにも優しいでしょう、しっぽで遊んであげたり、背中に乗せてあげたりね。そんな感じで厩舎の奥に鶏もかくまっていたのよ」

イシマールさんも思い出したかのように苦笑した。

「自分もそこで卵を買っていたので逃げ出した話は聞いていました。厩舎で見つけた時はたいそう驚きましたよ」

「返しに行ったら、命からがら逃げだして馬にかくまわれるなんて珍しいからそのまま飼ってくれと言われても、ただで頂くわけにもいかないし、蜂蜜と交換したのよ。そしたらうちの蜂蜜が凄く美味しいからと言って、もう三羽と交換したの」

あまり卵を産まなくなった鶏たちだったはずなのに日に何度も卵を産むようになったのだ。

「鶏舎は広いし飼料はうまいし鶏にとってもここは天国ですよ」

「広い場所で飼う方が、効率よく卵を産むのかい？」

ハルトおじさんが養鶏の話題に乗ってきた。

詳しく聞けば、養鶏というより魔獣ペットを諦めていないようだ。今度はキャロお嬢さまをダシにしないで、奥さんとの関係が円滑になりそうだ、なんて理由づけしている。

イシマールさんは妹さんが魔獣使役師らしく、猫以外の飼いやすい魔獣をハルトおじさんにお勧めしてくれた。

「そろそろこちらも焼けましたよ」

お婆がふわふわホットケーキで話題を変えてくれた。焼き目が均一で、厚みのあるホットケーキに溶かしバターをたっぷりかけてある。美味しそうだが、もうお腹いっぱいだ。

「……」

ハルトおじさんもイシマールさんも口に含むなり、消えた、とかなり驚いている。

「おいしいよね」

お腹いっぱいだと言っていたケインは、イシマールさんから一口貰《もら》って幸せそうに微笑《ほほえ》んだ。ほっぺに手を当てて、可愛らしい仕草をした。

「これは素晴らしい。王都でもこんなケーキは食べたことがない。妻のお土産に持ち帰らせてもらえないだろうか？」

「時間が経《た》つと食感が変わるのでお持ち帰りには向きません。奥さまへのお土産でしたら、蜂の巣から作った新しい美容液がありますからそちらがよろしいでしょう。まだ試作品なので手首で試して問題ないようでしたらお使いください」

「ありがとう、助かるよ。ジャネットさんの軟膏《なんこう》は今とても人気で入手困難だったんだ。美容品なら商業ギルドの薬師部を通さなくていい。あいつらに一泡吹かせてやれるぞ」

高級品のお砂糖まで持参して謝罪に来たのに周囲が許してくれないようだ。

「新参者なのは事実なので気にしていませんよ」

「あんなことを許していては、他の新規事業を始めようとする人の出ばなをくじいてしまう。ひいては領の損失になる行為なのでハッキリさせますよ」

「商品価格についてきちんと明文化されれば十分です」

商業ギルドが砂糖の流通を牛耳っているなら、他にも何か珍しい食材も扱っているのかな？　領土は海まで続いているそうだから、海産物とかあったらいいな。

「あははは。カイルは何か美味しい物でもないかなと考えたな。顔に出ているよ」

イシマールさんにはバレバレだった。

「美味しいものは欲しいよな」

ハルトおじさんが悪そうな顔で笑った。

みぃちゃんとみゃぁちゃんがまだ食べているのか、と足元にやって来た。

「飼うなら兎がいいですよ。イシマールさんも言っていたじゃないですか」

みぃちゃんとみゃぁちゃんはあげないぞ。

ハルトおじさんはここで遊ぶだけだよ、と言ってみぃちゃんを抱き上げた。みぃちゃんの興味はテーブルの上のベーコンだ。しょっぱいから食べちゃダメだよ。

そんな和やかな昼下がりに、定時を知らせる教会の鐘の音と違う鳴り方で鐘が鳴った。

何だろう。なんとなく違和感がする。

違和感の正体を探るべく辺りの気配を探ると、鐘の音に合わせるように街の結界が揺れているのに気が付いた。

「なんの鐘の音?」

「今日は洗礼式だから魔力の多い子がいたんだろう。高位の貴族は自宅に司祭を呼んで洗礼を済ませるから、今日鐘を鳴らしているのは平民か下級貴族の子どもだよ。あの鐘を鳴らすことができると、王都の初級魔法学校に進学することを勧められるんだよ」

イシマールさんも頷《うなず》いた。

「自分は洗礼式で鐘を鳴らしたので、王都の魔法学校に進学が決まりました。それまで両親は領の魔法学校で十分だと考えていたようです」

「鐘を鳴らすと人生が変わってしまうんだね」

「断ることはできるけれど、うちの領では奨学金が出るので断る人はまずいないね」

「洗礼式で魔力量を測るのですか？」

「魔力量は測らないよ。司祭が専用の魔術具で魔力の色を見て子どもの適性を伝えるだけだよ。適正と言っても、動物のお世話に向いているとか、力持ちだから兵士に向いているとかいったものだ。必ずしも従わなければいけないものではなく、学校で専攻を決める際の参考程度のものだよ。一定以上の魔力があると教会の祝福の鐘が鳴って、領主さまが奨学金を用意してくださるので王都の初級魔法学校への進学率が高くなるんだ。洗礼式の魔力量だけが人生が決まるわけではないよ。領の学校で学んだ後で魔力量と成績を認められて王都の学校に編入することもできるんだ」

ハルトおじさんが詳しく説明してくれた。そんな最中にも鐘が鳴り、教会の方向から街の結界へ小さなさざ波のように魔力が揺れた。

「この時間帯だと近くの農村から来た子どもたちでなく、下級貴族か豪商の子どもでしょうね。遠くから来た子から順に、街の中心部の子は後になりますから」

「地方から来た子は早く帰れるの？」

「午後の洗礼式の踊りが終わったらすぐ帰れるように早めに順番が来て、空いた時間に初級学校の入学手続きを済ませてしまうのよ」

「合理的だね」

「洗礼式では人が集まり過ぎて宿が足りなくなるからだよ」

再び鐘が鳴ったので、結界の魔力の揺れに合わせてぼくは自分の魔力を小さな霧状にして乗せてみた。教会から街全体へとささやかながら結界の上を流れている。

洗礼式の子どもの少ない魔力でさえ結界に使うんだ。

街の外に誘拐されてから結界に魔力が注《そそ》がれる気配に敏感になっていた。朝晩の通勤の時間帯についでに魔力奉納をする人が多く、平民の魔力は少ないのかもしれないがこうして結界を強化してくれていることに感謝したくなる。この魔力にぼくたちは守られているんだ。

そんな市民の魔力を無駄なく使って、魔力の多い子どもに奨学金を出して学ぶ機会を与えている領主さまは立派だと思う。孫バカだけどね。

黒いのが珍しくぼくの側に寄ってきた。街の結界の揺れを感じているのだろうか？

「カイル。何か気になることがあるのかい？」

押し黙ったぼくを心配するようにお婆が訊いた。

「鐘が鳴ると町の結界に魔力が流れるんだ。よくできた仕組みだよね」

「洗礼式の子どもの魔力なんて微々たるものだろう。よくそんなのがわかるな」

「結界は魔法陣を通っているから目立つだけですよ。魔法陣の仕組みはわかりませんが、街全体を覆《おお》うものと部分的に守るものがいくつか重なっているようですね。魔力の流れでわかります」

「小さい頃からそんなことができたのかい？」

ハルトおじさんが食い気味に質問した。緘口《かんこう》令が敷かれている誘拐事件だが、この場で知らない人はいない。具体的に答えても問題ないだろう。

「原野を散策した後からです。帰ってきた時、街の結界の気配を感じて安堵《あんど》したのです。それから街の結界の気配をちょこっと探っては安心する癖がついてしまいました」

「まあ、それは怖い思いをした後はよくあることだ。思い出して不安になるより守られている安心感を確認する方がずっといい」

イシマールさんがぼくの頭をポンポンとしてくれた。大人に守られている安心感もいいな。

気になるのはケインにべったりな黒いのがこれといったこともないのにぼくのそばにいることだ。筆談以外のコミュニケーションの手段がないのが残念だ。

「結界の効力みたいなことはわからないんだね」

「街の結界だから魔獣除《よ》けなのかなくらいの想像しかできませんよ」

「ぼくは、ほこらのいろが、わかるよ。おしろのほこらは、にじいろできれいだったよ」

ケインは無邪気に言うが、七大神の祠もお城の祠も真っ白だ。強いて言うなら魔力が奉納された時にうっすらと虹色に光った。あれが祠の色だろうか？

「すごいね！　ケイン。ほかの祠の色は何だい？」

「ふんすいひろばのほこらは、くろとしろっぽいひかりだよ」

誘拐事件の前の参拝の時には全く気が付かなかった。原野の探索後にぼくも得た能力なら、もう一度見たら違いがわかるのかな？

「祠の神様の属性と同じ色ね。街が落ち着いたら別の祠も見に行ってみましょうね」

「街中の各所に兵士の詰め所があるといいのにね。平時はスリや喧嘩《けんか》の仲裁程度の仕事しかないかもしれないけれど、常駐する兵士が居ることで街の治安維持につながるかもね」

「門番以外にも兵士を常駐させるのか……。予算の問題があるが、今のように騎士を動かすのにも金がかかるから、これは面白い案だね」

「あんぜんになったら、また、まちにおでかけできるの？」

黒いのが足元をグルグル回り出した。みぃちゃんは見えないけれど気配を感じたのか、ハルトおじさんの膝から飛び降りて空中を猫パンチし始めた。

今の話に反応したということは、街か。街に何かあるんだな。

ぼくが街全体の魔力探査をしたら、魔力枯渇で倒れてしまうだろう。少ない魔力でどうにかするしかない。ぼくは魔力を小さな粒子にすることを考えた。霧より小さく……分子レベルまで小さくして、鐘の音と一緒に結界を流れる魔力に乗せて拡散させた。薄く薄く、小さく小さく、町全体の結界を把握し、そのまま真上に拡散させて上空まで気配を探った。

そうすると少し違和感のある場所があった。

街中に張りめぐらされている結界に沿って魔力を拡散し、地上から垂直に持ち上げたはずなのに、魔力が歪《ゆが》む、というか広がり方に偏りがある場所がある。

「カイル！　どうしたんだい？」

考え込んでいたらお婆に体を揺らされていた。魔力枯渇を心配されているのに魔力を使ったなんて言えないよ。

「正直に話した方がいいぞ、カイル。今やましいことを考えていた顔をしたよな」

イシマールさんの勘が良いのではなく、ぼくが顔に出していただけだった。

「鐘が鳴る時に、魔法陣に流れる魔力にほんのちょっぴりぼくの魔力を乗せて拡散させてみたの」

大人たちが絶句した後、魔力枯渇の心配や、魔力を使った気配がしなかったとか、無茶するなとか、思い付きですぐ行動するな、と詰め寄られた。

みぃちゃんを抱き上げて、お手とおかわりをさせたご褒美魔力くらいだと猫の手を使って説明した。可愛いで誤魔化《ごまか》されてくれ。

「魔獣の木札一試合分も使っていないよ」

「魔獣の木札って何？　いや、そこじゃなくって玩具で遊ぶ程度の魔力ということか」

ハルトおじさんが考え込んでいる足元で、黒いのがさっきとは逆方向にグルグル回った。

「結界の魔力が街中に広がっているのがわかったのだけど、なんだか薄くなっているというか揺らいでいる箇所があるんだ。魔力って風に流されたりするものなのかなあ」

「普通は流されないが、風魔法で流そうとしたらできないわけではないぞ」

「魔術で干渉して薄くすることはできます」

「魔力除けの薬草でその場の魔力を薄くすることはできるだろうさ」

「特殊な鉱物で魔力を吸収するものはあるわよ」

立て続けにハルトおじさんとイシマールさん、お婆とジーンが、部分的に魔力を薄くする方法を言い出した。

「そんなに手段があるのだったら、ムラがあるのが普通なんだね」

ハルトおじさんが頭を掻きむしっておでこのM字を披露した。

「領都の結界がそんなに簡単に干渉されるようにはできていない。本当にムラがあるとしたら大問題だ。どの辺りが薄くなっているかわかるかい？」

ぼくは引きずられるように居間に連れて行かれた。黒いのはついてこないがみぃちゃんは付き合ってくれた。ハルトおじさんに異変を知らせることが黒いのが求める正解だったのだろう。

ハルトおじさんに護衛騎士が付いているのは知っていたが、街の地図を広げた六人もの騎士に取り囲まれてしまった。

「街に出たことがほとんどないので、正確には言えませんが、ここが教会で、赤い魔力の祠が火の神の祠だとしたら……この辺りだと思います」

「北門付近の倉庫街か。出荷前の希少鉱石が保管されているので警備は十分なはずです」

「洗礼式の警備に人手が取られているかもしれない。確認しろ」

二人の騎士を残して後の四人は慌ただしく出て行ってしまった。ハルトおじさんの護衛じゃなかったのか。

「今日は洗礼式で街全体の警備が強化されているから大丈夫だよ。でもそんなに少ない魔力で街中の結界をたどれるなんてどうやるんだい？」

「ハルトおじさん。肘まででいいので腕まくりをして、優しく息を吹きかけてください。そうすると息のかかっていないところにも空気の流れを感じるでしょう？」

説明しにくいことは、体感するに限る。ハルトおじさんは首筋をぶるっと震わせた。

「ぼくが魔力を広げたわけではなく結界の揺れに乗っかっただけなので、上手《うま》く説明できません」

「魔力の流れに魔力を乗せるっていうのは理解しがたいけれど、微細な魔力の揺れをたどるという感覚は理解したよ。私も会得したいな」

「蟻《アリ》の足音は象には聞こえませんよ。魔力が少ないから変化に気付いただけかもしれません。死にたくないから身についた能力なので、他の人で試さないでくださいね」

二人の騎士がよく言ってくれたとばかりにこくこくと頷いた。ハルトおじさんは実験好きそうだからほっといたらやるのだろう。


ホットプレートを片付ける前に父さんが帰ってきた。人数が多いと思っていたハルトおじさんの護衛は、洗礼式で街に人の出入りが多いことを心配した父さんが非番の騎士を手配していたのだ。

多分お昼は済ませているはずなのにホットプレートを見つめる目が寂《さび》しそうだ。

けれど、生憎《あいにく》ホットケーキは食べつくしてしまった。あり合わせで美味しいものを作ろう。

父さんの夜食用に冷凍してあるラーメンの麺を茹《ゆ》で、錬金術で作りストックしてある顆粒出汁を小麦粉と水で溶いた。熱したホットプレートに伸ばした生地を流して、そこに刻みキャベツをたっぷり載せた。

「なんだ。焼きそばじゃないのか」

茹で麺を見た父さんのお口は焼きそばモードになっていたようで、鉄板の横で麺を焼きはじめると安心した顔になった。こんがり焼いたベーコンの上に卵を落とし目玉焼きにするのかという周囲の期待を裏切り、菜箸で卵黄を崩すと方々からブーイングが出た。

そんなことは気にせず、集中する。焼きそばをキャベツの上に載せると、二本の大きなへらでひっくり返し、崩した目玉焼きの上に載せた。

崩さずにひっくり返すと歓声が上がった。ここが見せ場だったから上手くいって良かった。

ハルトおじさんとイシマールさんの視線がまだ食べたいと言うかのように熱い。

「もう一枚焼きますから、皆で分けてくださいね」

隣でもう一枚焼きながら、仕上げにぼく特製の焼きそばソースを改良したお好み焼きソースをかけると、鉄板がじゅぅぅと音を立て、ソースの焦げた香りが広がった。

成人男性三人がごくんと喉《のど》を鳴らした。

鰹節《かつおぶし》と青のりがないのは残念だが、マヨネーズと紅生姜《べにしょうが》がある。

紅生姜はお婆にわざわざ色を付けるのかい？　と言われたが紅生姜が赤くないと気分が出ない。

それだけの理由で食紅の代用品を探したのだ。

でき上がったお好み焼きを切り分けようとしたら母さんがナイフとフォークを用意してくれた。

なんだか違うけれどそれでも良しだ。四人並んだ男子に四つに切り分けるが、ケインの分は小さくしておこう。各自に取り分けるとぼくは言った。

「召し上がれ」

父さんとケインがいただきますと言ってから食べ始めたが、先に口に入れたハルトおじさんとイシマールさんは底なしの胃袋なのだろう、あっという間に完食した。

「似たような材料からさっきとは全く違う食べ物になったな。どちらも凄く美味しいよ」

酒に合わせるのも良いな、とイシマールさんと父さんが語っている。

「このソースとマヨネーズの相性が抜群だ。酸味とコクが絶妙に生地と麺を美味しくまとめ上げている。ああ。焼きそばとして別に食べてみたいけれど、様々な具材と合わさるとどの部分を口に入れても美味しい。これは至福の極みだ」

「お好み焼きは個人の好きな具を入れるものです。牛すじやチーズを入れても美味しいですよ」

牛すじの言葉にみぃちゃんとみゃぁちゃんが駆け寄ってきた。二匹の離乳食用に大量に仕込んで冷蔵庫に常備してある。さっき昼食にあげたのにおかわりを要求されてもあげられないよ。

可愛い顔で小首を傾《かし》げ二本足立ちして前足でおねだりのポーズをしたって……お婆が冷蔵庫から出している。

「牛すじって何？　美味しいの？」

「さすがにもうお腹いっぱいでしょう。また今度にしましょうね」

牛すじなんて廃棄されるような肉を父さんの上司に出して良いわけがない。

お好み焼きをほとんど食べられなかった母さんとお婆が次もご招待しますね、と約束するまでハルトおじさんは納得しなかった。

二度目の昼食の片付けが終わってから父さんが早めに帰宅した理由を説明した。

「誰も魔力枯渇を起こさずに結界の揺れに気が付いたんだな」

自宅の警備用に手配されていた護衛の騎士たちの報告では、誰がどうやったかの説明もなく結界に魔力の偏りがあるかもしれない、という報告だけが上がって来たらしく、最近魔力探査を覚えたぼくが無茶をしたのではないかと思った父さんが慌てて帰宅したらしい。

お騒がせしました。

「本当にそんなに魔力は使っていないんだよ。鐘の音がやんだから同じことはもうできないよ」

「にいちゃん。このまえけはいのさぐりかた、おしえてくれるっていってたよ」

今思い出さなくても良いよ、ケイン。ハルトおじさんの目が輝いてしまったじゃないか。

「お前たちは息をするように簡単に魔力を使うから心配なんだよ」

ケインが身体強化をかけてまで階段を上り下りしているのを見たお婆はギョッとしたらしい。

そういえばぼくがこの家に来た頃には、ケインはお尻をつきながら階段を下りていた。黒いのが手伝ってくれているなんて、とても言えない。

「五歳の仮登録まではあまり魔力を使わないでほしいけれど、魔力探査で安心できるならいいじゃないですか。体調不良もないようですし」

イシマールさんは無意識にしていることを止めるのは難しいですよ、と続けた。

ハルトおじさんはぼくがどうやっているのか知りたくてたまらないようだ。

魔力を分子レベルまで小さくって、どう説明したらいいのだろう？　そもそも小さな魔力をみんな気にしなさすぎるのだ。

「母さん。魔獣の木札で試してみたいのだけど、いいかな？」

「何々、魔獣の木札？　さっき言っていた玩具かい？」

ハルトおじさんが好奇心旺盛すぎて、いったい何歳児なのかと思ってしまうよ。

「玩具なんですが大人が本気で作った玩具は凄いのですよ」

母さんはテーブルの下の収納棚から取り出してノリノリで説明を始めた。

魔獣の木札は大きくした将棋盤のような競技台上に、最大七枚の木札を互いに出し合い、より派手なエフェクトを出した方が勝ちというあいまいなルールで遊んでいる。

今回の説明は競技台を使用しないで、木札のみの魔力の反応を試すというのが目的だったのに、男性陣が本気で遊びだしてしまったので、話が進まない。

「この火喰《く》い蟻は強すぎだろ。あり得ない」

「そいつなら灰色狼一匹で十分だ。手持ちの木札の質が悪いせいだよ」

「木札を混ぜて配るのは止めようよ。まともな陣形が組めないよ」

「ドッカーン！　いけー‼」

ただの知育玩具のつもりで、細かいルールを決めていなかったのが悪かったよ。でも、大の大人が幼児と一緒になってムキになるなんて想定していなかった。

ぼくはドン引きした顔をしていたのだろう、母さんがぼくの肩にそっと手を当てて言った。

「あれはほっといて、私たちで試しましょう」

ぼくたちは父さんたちを待たずに始めることにした。

魔法陣の描いてある木札と、なにも描いていない木札をそれぞれハンカチに包んで魔法陣の描かれた木札を当てるという方法で、微細な魔力を感知してもらうのだ。

「魔力探査は自分の魔力をドーンと放って違和感のある魔力を感知するものだって教わっていたから、このやり方だと自分の魔力を極力出さないで探査した方がいいのね」

正しい手順を教わってしまうと他のやり方を考えなくなってしまうものだ。強い力を当ててしまうと些細《ささい》な反発に反応しなくなるのかもしれない。

母さんに後ろを向いてもらっている間に、五枚の木札のうち一枚だけ魔獣の木札を交ぜた。

競技台を遠巻きに見ていたみぃちゃんとみゃぁちゃんも、ハンカチに包まれた木札を興味深そうに見守った。

「もういいよ」

振り返った母さんは五枚の木札に手をかざすと、躊躇《ためら》いもせずに一枚選び出した。

「これは簡単すぎね。微弱でも自分の魔力ならすぐにわかるわ」

ハンカチを外すと正解だった。みぃちゃんとみゃぁちゃんも母さんを尊敬の眼差《まなざ》しで見た。

「これは婆の方が適役だね」

お婆にバトンタッチしたが、母さんより少し遅かったくらいで難なく正解を選んだ。

「ジーンの魔力だからすぐにわかったのさ」

同居家族だからだろうか、木札を交ぜているぼくでもわかる。

あれ？　向こうの競技台で遊んでいる人たちに木札を配っているのは父さんだ。

「魔獣の木札って、強力な攻撃を出す木札の方が魔力含有量も多いのかな？」

「そうよ。魔法陣も複雑になっているもの」

おっと。さっきからやけに父さんの出す木札のエフェクトが派手だ。何やらきな臭い。父さんは母さんの魔力がわかるはずだ。何かいかさましているに違いない。大人げないなぁ。

「それじゃあ、魔獣の木札だけにして一番強い木札を探してみようよ」

同じ強さで別種類の木札四枚に、それらよりやや強い木札を交ぜ合わせてお婆が挑戦した。

「うーん。同じ種類の魔獣の木札がないことはわかるけど魔力量を判断するのは難しいのさ」

「私が苦手な属性の魔法陣を描くときに少し工夫をしているから、そのせいで魔力量が多くなっているかもしれないわ」

一番強い魔力の魔獣の木札と、母さんが苦手な属性の魔獣の木札が、母さんの小細工のせいで同じぐらいの魔力量を使用して描かれているのなら、強い魔獣の木札ばかりが父さんの手札になっていることは偶々《たまたま》なのかもしれない。

そうなら父さんはいかさましていないのか。

「お婆。理屈じゃなくて勘で選んでみてよ」

「そうだね。考え込むと魔力の反発を使うところだった。どうしても教科書通りにやろうとしてしまうものなのさ」

お婆が悩んで選んだ一枚は不正解だった。続いて母さんがやってみると迷わず正解した。

「描いた本人だからかもしれないけれど魔法陣がわかるのよ」

「ぼくもやってみていいかな？」

母さんもお婆も魔力をほとんど使わないことがわかったので了承してくれた。

五枚の木札の魔力の差は少なく、微妙に強いのが二枚あった。お婆が迷ったのはこれだろう。魔法陣は全くわからないが複雑な幾何学模様に魔力が交差する方が強そうだ。

「これにするよ」

「正解だよ。魔法陣がわかったのかい？」

「わからないから、モヤモヤと複雑そうな線のある方を選んだだけだよ」

そうか、とお婆は頷くと母さんに頼んで何度も練習し始めた。ぼくたちが夢中になって検証していると、男性陣の方が何やら騒がしくなった。

「配り終えたばかりの木札を見せるんだ！」

勝負前に手持ちの木札を見せっこしなければいけないほど父さんが連勝したのだろう。

「やはりそうか」

「とうさん、ズルしてるね」

「……そんなことはしてないよ。ただ運がいいだけだ」

誰もそれでは納得しないだろう。指名して木札を交換するか配る人を変えるべきだ。

身分の高い人は配ってもらうのが当たり前だとしたら父さんが配るのが最適なのかな？

「配り終えた後にじゃんけんして勝った人が負けた人の木札と交換したらいいかもね」

「その案採用！」

ハルトおじさんの一言でゲームは再開した。

まだしばらくは遊んでいそうなので、ぼくはスライムでもわかるか試してみることにした。

スライムは迷うことなく正解の木札の方に這《は》って行った。母さんとお婆も自分たちのスライムを出してきて試し始めた。母さんのスライムは半透明の薄紫で、お婆のスライムは半透明の黄緑。

正解にたどり着く速さはどのスライムも変わらず、ご褒美の魔力をねだるように、にょきっと触手を伸ばす姿がとても可愛い。

スライムたちはどうやって正解にたどり着いたのだろう。紛らわしい二枚の木札の魔力量はほぼ同じだから、ぼくのように魔法陣の複雑さで選んだのだろうか？　それともぼくたちが選んでほしいと思っている方を選んでいるのだろうか？

どちらにしても、スライムの知能はとても高いのだろう。

みぃちゃんとみゃぁちゃんもやってみたい、とでも言うように木札をぺしっと叩《たた》いた。

「こっちは何をしているのかな？」

自分が勝ったハルトおじさんがようやくこっちの検証に興味を示した。ハルトおじさんが魔力探査の方法を訊いたから魔獣の木札を出したのに、何をやっているんだろうね。

「小さな魔力を探る練習をしていたのですが、同居の家族だと簡単に見つけられるので、スライムで試していました」

「同居家族は見つけやすい……ジュエル！　やっぱり、いかさましていたな‼」

「いかさまって言われたって、これは全部ジーンが描いた木札だ。伏せられていたら俺だってわからないよ！　言いがかりだ」

ケインが全《すべ》ての木札を伏せた状態にして木札を選び始めた。集中しているのだろう、横顔のほっぺがほんのり赤く、鼻息が荒くなっている。可愛い。

案の定ケインは『ぼくがかんがえたさいきょうのデッキ』を作成して、お披露目してくれた。

「これで冤罪はあり得ないだろう。まあ、今日のお土産はお好み焼きがいいな」

イシマールさんが父さんの肩を叩きながら、助け船を出した。

ハルトおじさんの思考は魔獣の木札のいかさま疑惑から、お好み焼きの具を何にするかにすっかり変わっていた。

お好み焼きを焼くところまで付き合っていられないので、ぼくとケインはお昼寝に部屋に戻った。

ケインはみぃちゃんとみゃぁちゃんとベッドに入るとすぐ寝落ちした。寝つきの良い子だ。

静かに黒板まで移動すると黒いのにさっきのグルグルした動きは何だったのか、と質問を書いた。

ぼくがチョークを持つ手を下ろす前に、黒いのが手にまとわりついた。

『精霊たちが魔力の流れがおかしいから知らせろとうるさかった』

『精霊たちがここにいるのか！』

『どこにでもいるけれど、原野からついてきたやつらはとにかく騒がしい』

うわぁ……。恥ずかしい。魔力探査ができるからいい気になって披露していたのに、ずっとそばにいた精霊たちに気が付かなかったんだ。光っていないとわからないよ。

『精霊たちはどうして魔力の偏りを騎士団に知らせなくてはいけなかったの？』

黒板にあてたチョークが動かない。精霊たちに聞いているのかな？

『良くないものが、良くない場所にあり、今すぐは良くないことを起こさないが、放っておくと良くないことになる。このままにしておくのは気持ち悪い、と言っているよ』

『気持ち悪いから、騎士団に排除してもらいたかったのかな？』

『そうみたい……洗礼式の魔力の波紋で遊んでいたのに邪魔された。アレは気分が悪くなる……』

黒いのは文句ばかりをつらつらと書いた。これは相当うるさいのだろう。

今すぐ町の危機が、という訳ではなく、ただ精霊たちが気持ち悪いという理由で騎士団を動かしてしまった。とんだから騒ぎをしてしまったかもしれない。

精霊たちと話せたら良いな、と思ったがうるさいだけかもしれないな。

『原野からどうして精霊たちはついてきたんだろう？』

『面白そうだから、だって』

ぼくたちを珍獣扱いしているのか？　精霊たちの娯楽なのか？　何を期待されているのだろう。

『ぼくたちについてきて面白かったことって何？』

『精霊神様の祠で遊べた。スライムが可愛い。スライムに興味がある。スライムに魔力取られた。蜂蜜美味しい。ハルトおじさんの前髪を吹き飛ばしたい。鶏に凶暴なやつがいる。三輪車の台車をもっと増やして。三輪車の速度制限を撤廃しろ。もっと言っているけれど厚かましいよ』

直接聞いたらかなりうるさいだろう。精霊たちは見えなくてもいいや。

『人さし指を立ててごらん』

指示通り人さし指を立てると、指先で精霊が緑の灯のように光った。きれいだ。

どんなにいたずらっ子そうで騒がしくても、いろいろ助けてくれた命の恩人なんだよな。

『ぼくと友達にならないかい？』

人間だって良い人も悪い人もいるんだ。精霊だっておとなしい控えめな子もいるだろう。

『なってもいいぞって、言っているけど、ぼくが先にカイルと友達になりたい』

あれ、黒いのはもうとっくに友達のつもりになっていた。ぼくより先にこの家にいたのだ。

『友達もいいけれど、どちらかと言えばお兄ちゃんかな？』

黒いのに性別はあるのだろうか？　勝手に兄貴って呼んだら駄目だよね。

『兄ちゃんっていいね。家族みたいだ』

『家族だよ。兄貴って呼んでいいかい』

兄貴がいいよと書き込むと緑の光がベッドの方に飛んで行った。

ぼくも昼寝をした方が良いようだ。黒板を片付けてベッドに潜り込んだ。


起きた時にはハルトおじさんとイシマールさんは帰っていた。父さんは仕事に戻らず、魔獣の木札を自分のスライムに選ばせて対戦している。父さんのスライムは半透明で青く、使役契約をしているので、父さんの魔力を存分にもらっているから、ぼくたちのスライムより賢そうに見える。

みぃちゃんとみゃぁちゃんは競技台の魔獣の木札のエフェクトに怖がって背中を丸めてしっぽを膨らませて威嚇していたのに、台に乗っていない魔獣の木札は猫パンチを食らわせてメンコのように飛ばしている。スライムにはなれているので攻撃しない。

強い木札ばかり狙っているように見えるのは気のせいだろうか？

ケインはみぃちゃんとみゃぁちゃんと遊び始めたので、ぼくはお婆の工房へ行くことにした。

薬効成分を抽出するための遠心分離機などの機械を魔術具で作ってもらったので、製薬の重要な部分にかかわるお手伝いはさせてもらえなくなったが、光る苔のお手入れを任せてもらっている。

美容液をハルトおじさんの手土産にしたから、きっとお婆は今後忙しくなるはずだ。少しでも手助けしたいのだ。

洞窟の環境を模した水槽を錬金術で作ってもらった。上部には明かりが入る窓を、中には傾斜を作り、毬藻《マリモ》のような苔が下に張った水に漬からないように工夫をした。掃除のためにふたを開けられるので、水は毎日取り換えてブラシで磨き上げるのだ。

機械化できない薬草の仕分けを手伝ってから、いつものように水槽のふたを開けたら奇声が出た。

「あ゛あ゛あ。赤ちゃんが生まれた？」

水槽の中の光る苔は小ぶりのミカンくらいの大きさのものが三つだったのに、ビー玉くらいの大きさのものが一つ増えていたのだ。

ぼくの素《す》っ頓狂《とんきょう》な声に振り返ったお婆が水槽の中を見た。

「あらまあ、本当に赤ちゃんみたいだね。ヒカリゴケの生態は全く知られていないから、わからないけれどこんな風に増えるものなのかねえ」

「洞窟では普通の苔のように生えていたのに、お土産で精霊にもらった時に丸くなったんだよ。増えるにしても大きくなると思っていたよ」

赤ちゃん苔をツンツン触ったらフワフワで手触りが良い。

「水槽を大きくするか、別の水槽を作って空間を広くしたら大きく育つかね」

何かと検証好きの家族だ。仕事が増えるのも構わず好奇心が先立つ。

「ヒカリゴケの薬効ってなあに？」

「錬金術で最高級の回復薬になるけれど、婆では免許も魔力も足りないねぇ。製薬では他の生薬の薬効を高品質にしたり、強力な痛み止めとして使用されたりするらしいよ。市場に流通することがないものだし、誘拐事件のことも口外法度になっているから家族の薬としてしか使えないのさ」

「製品にできないんだったら、今急いで増やす必要はないよね」

「生態がわからないからこそ今検証しないといけないよ。繁殖期が百年単位だったら次を拝むことはできないからね。やれることは今やらないと後悔するのさ」

人間の年月では追えない生態だったなら、お婆じゃなくてもぼくにも次はないかもしれない。

「ヒカリゴケの効能が凄いのなら、今まで捨てていたこの水にも効能があるかもしれないね」

「そうだね。後で検証してみたいから、こっちの瓶に入れて取っておこうか」

水槽の水を集める作業を見学していたぼくのスライムが、意味深長に手元にすり寄ってきた。

「ヒカリゴケにそんなに効能があるのならスライムにこの水をあげてもいいかな？」

お婆はぼくのスライムを持ち上げ、矯《た》めつ眇《すが》めつ検分した後、一匙《さじ》分で様子を見ようと言った。

水槽の水を薬匙に掬《すく》い、スライムに近づけると身をプルンと震わせた後、匙に口づけでもするように、丸い体の下から五分の三くらいの位置で触手を嘴《くちばし》のように伸ばして匙の水を取り込んだ。

スライムは水を摂取後、痙攣《けいれん》しているかのようにビクビクと震えた後、のたうち回るように作業台の上を転がった。

好奇心は猫をも殺すというが、ぼくの好奇心のせいでスライムを殺したくない。

「ヒカリゴケの効能は素晴らしく副作用の報告もないけれど、恐ろしく不味《まず》いらしいよ」

味の問題だけで生死の問題ではないのか。ぼくが安堵《あんど》すると、スライムはぼくの指先に寄って来て、ご褒美を主張するかのように魔力を吸い取っていった。

家族用の光る苔の雫の薬ができても、お世話になりたくないな。良薬は口に苦しというレベルを超えていそうだ。健康には気を付けよう。

その時はぼくもお婆もスライムの元気が良くなるだろうとしか予測していなかった。


「カイルのスライムがなんだか少し大きくなっていないかい？」

残り物のお好み焼きで簡単な夕食を済ませた後、ぼくとケインがスライムに選ばせた魔獣の木札で遊んでいると父さんに指摘された。指摘されなかったら気付かない程度だが少し太ったようだ。

「魔力をあげ過ぎているんじゃないかい？」

使役契約をしている父さんほど魔力をあげているわけな……。もしかして……あれかな？

「何かあげたのかい？」

「……光る苔の雫を薬匙一杯分あげたよ。多分それだ」

「あの苔か。誘拐のことを話せないから、苔の話も外でできない。そもそもヒカリゴケは伝説級の素材すぎて、あの時目撃した騎士たちにもヒカリゴケだったら凄いけどたぶん違う、と誤魔化《ごまか》してあるんだ。上層部の一部しか知らないことだよ」

お婆が、ああ、と言って頭を抱えた。そんなに凄い素材なのか。

「ジュエル。驚かないでほしいんだけど……赤ちゃんができたんだよ……」

「え゛え゛え゛⁉」

「人の話に変な声を被《かぶ》せないで最後まで聞きなさい！　光る苔に赤ちゃんが生まれたのさ」

紛らわしい言い方をしたのはお婆の方だよ。

ぼくは指で大きさを示して、可愛いんだよ、と赤ちゃん苔の説明をした。

大人たちは光る苔がうちで繁殖できそうなことに驚きつつも、面倒ごとを回避するために上層部への報告はあえて後回しにすることに決めた。

少し大きくなったぼくのスライムは魔獣の木札でケインのスライムと一緒に遊んでいた。

「カイルのスライムは大きくなっただけで、他に変化はないんだな？」

話を終えた父さんが、スライムの変化を確認しようとすると、ぼくのスライムは会話がわかるかのように競技台に這《は》って移動し、体を光らせて魔獣の木札のエフェクトを放った。

家族一同言葉も出ないほど驚いた。

スライムって魔法を使う魔獣だったのか！

ぼくの考えを否定するように、あり得ない、と大人たちが呟《つぶや》いた。

ぼくのスライムは丸い体の、胸に見立てた部分をツヤツヤとテカらせて、まるで褒めてちょうだい、とでも言うようぼくにすり寄ってきた。頭らしき部分を撫《な》でながらご褒美に魔力をあげた。

「また魔力をあげている！」

「魔獣の木札一回分くらいだよ」

「うーん。野生のスライムは森の掃除屋で、分解吸収をするだけで、魔法を使った事例はないぞ」

「ジーンの魔法陣を解読したのかしら。あり得ないねぇ。光る苔の水の効能かしら？」

お婆は自分のスライムでも試してみたいから、と光る苔の水の瓶を取りに行った。

「俺のスライムでもできるかな？　どうだ、やってみろ」

領主さまとの謁見後、父さんは騎士団の裏技を使って、マルクさんと一緒に王都で初級魔獣使役師の資格を一日で取得してきていた。お城に転移の魔術具でもあるのだろう。カッコいい！

使役契約で縛られている父さんのスライムは、無理だよ、というように丸い体の上部で首を振るような仕草をしたが、命令通りに競技台に上がった。体を光らせようと頑張るが変化はなかった。

「魔力量にそれほど差があるように見えないから、光る苔の雫が影響しているのか……」

水の影響だと考えるのが妥当だが、精霊たちがスライムに興味を持っているって、兄貴が言っていたような……。干渉されたのかな？

ケインのそばにいる兄貴には変化がない。みぃちゃんとみゃぁちゃんは、ぼくのスライムを小さな手でツンツンしているが、スライムは逃げもせず、されるがままになっている。なんだかスライムの方に余裕があるように見える。

「ぼくのスライムもできないよ」

ケインはスライムに魔獣の木札を持たせて検証に加わっていた。スライムに木札を持たせてケインが魔力を流す時だけエフェクトは出せるが、木札を持たせないと何もできなかった。

そうこうしていると、お婆が瓶を持ってきた。

みんな自分のスライムを手に瓶を取り囲んだ。父さんが瓶を開けて匂《にお》いを嗅いだ。

水は無臭《むしゅう》だよ。ぼくはいつも素手で掃除をしているのだ。劇物ではない。

ぼくのスライムがもっと頂戴、とでも言うように近づいていった。依存性でもあるのだろうか？

「文献には依存性の記載はなかったけれど、伝説の素材だから文献の信用性も低いんだよね」

お婆も心配しつつも、あんなに苦しそうだったのに欲しがるようだから、と言ってぼくのスライムに一滴《いってき》たらした。

前回同様にブルブルと苦しそうに震えている。喜んでいるようにはとても見えない。

「恐ろしくマズそうだな」

「それでも欲しがるなんて、よほど効能が高いのかしら」

「ぼくのスライムは飲んでくれるかな？」

ケインのスライムはケインの腕にしがみつくように引っ付いて、全力で拒否しているように見える。母さんとお婆のスライムも硬直しているように完璧《かんぺき》な球体になって怯《おび》えているようだ。

「じゃあ、俺のスライムにやらせてみよう。頑張れ、男を見せろ」

スライムに性別があるのかはわからないが、使役契約のある父さんのスライムに拒否権はないようで震えながら瓶に近づいた。

父さんが一匙垂らすと、雫の周りを凹ませて最後の抵抗を見せたが、諦めて体に吸収させると、苦しみに震えながらのたうち回った。

ぼくたちも他のスライムたちもあまりの苦しみ様にドン引きした。

先に回復したぼくのスライムは再び競技台に上がり、灰色狼《オオカミ》五枚分のエフェクトを出した。

「凄いじゃないか！　これがやりたくてもう一滴飲んだのかい？」

ぼくのスライムはそうだ、というように触手を出して手を振るようにひらひらさせた。

頑張り屋さんのスライムに魔力のご褒美をあげると、ありがとう、と触手でお辞儀をした。

苦しみから立ち直った父さんのスライムが競技台で火鼬《ヒイタチ》の技を決めると、怯えていたスライムたちも光る苔の雫に興味を持ち瓶に近づいていった。

「この水の効能で間違いなさそうだね。あんなに嫌がっていたのにすり寄って行くなんてスライムには強くなりたい欲求でもあるのかね」

覚悟を決めたようにお婆のスライムは自ら匙の下に行き、一滴垂らしてもらうと震えながら縮んだ。悶《もだ》え方にも個性がある。ケインと母さんのスライムたちは身を寄せあって飲む前から震えている。スライムには共感性があるのかな？

「がんばってね」

ケインの励ましを受けてケインと母さんのスライムたちもチャレンジした。

「そんなにひどい味なのか？」

父さんは掌《てのひら》に雫を落とし、匂いを嗅ぐため鼻を近づけたが舐《な》めてみる勇気はなかったようだ。

みんなのスライムたちが回復すると一回り大きくなり、意気揚々とケインのスライムは競技台に上がり、母さんとお婆のスライムたちは魔獣の木札を選び始めた。どうやら木札で遊んだ経験がないとエフェクトは出せないようだ。学習して身につく能力なのか。

ぼくたちは明らかに進化していくスライムたちにばかり注目していたので、みぃちゃんが父さんに近づいていたことに気付いていなかった。

みぃちゃんは溢《あふ》れる好奇心を抑えることができずに、父さんの掌にあった雫を舐《な》めてしまった。

「……ギャオゥ……」

父さんの膝の上から断末魔のようなみぃちゃんの声がして、家族全員がみぃちゃんの存在に気が付いた。その時には、みぃちゃんは震えながら倒れこんでいた。

「みぃちゃん、大丈夫かい？」

みぃちゃんを抱き上げて台所で水を飲ませようと走り出そうとした。

「待て！　カイル。みぃちゃんはスライムより大きいし、苦しんでも死なないはずだ。何らかの変化があるはずだから見守ろう」

そうだった。苦しむ姿に慌ててしまったが、スライムたちは死んでいない。みぃちゃんだって大丈夫なはずだ……。なんだか腕の中のモフモフが大きく膨れ上がっている！

「大きくなったぞ！」

ぼくの両手にちょこんと乗っていたみぃちゃんが、両腕から溢れるほど大きなもふもふになってしまったのだ。

「みんな下がるんだ！　カイル、みぃちゃんを離して下がれ‼」

父さんがケインやお婆や母さんを自分の後ろに下げて、ぼくとみぃちゃんを睨《にら》みつけた。

これではまるでみぃちゃんが危険物のような扱いではないか。

「嫌だ、父さん！　みぃちゃんは離さないよ。みぃちゃんはまだ何もしていない‼」

「駄目だ！　カイル。みぃちゃんは雷魔法を放つ大山猫の子どもなんだ！　急成長で何が起こるかわからないだろう？　パニックで魔法を連発するかもしれない。……家族を危険にさらせない」

「……ッ、父さん！　みぃちゃんだって家族だよ」

「ああ……わかっている。……ちょっと調伏してみようか？」

「ジュエル。みぃちゃんに悪霊は憑《つ》いていないだろう」

混乱している父さんにお婆が言った。ぼくだって家族を危険にさらしたいわけではない。

「みぃちゃんを使役魔獣にするのかい？」

「……カイルの猫だからそれは最後の手段にしたい」

父さんなりに気を使ってくれたのか。

「みぃちゃん。こんなに急に大きくならないでよ。みぃちゃんの成長をゆっくり楽しみたかったよ。大きくなったフカフカな毛もいいけれど、小さなみぃちゃんも可愛いんだよ」

座り込んだぼくは大きくなったみぃちゃんの首に抱きつきクリーム色の美しい背中の毛に顔をうずめた。温かい。白いお腹の毛を撫でたらみぃちゃんは喉をゴロゴロ鳴らした。

「ぼくもモフモフしたい」

凛々《りり》しい姿になっても可愛いみぃちゃんの様子に家族の緊張感は緩み、みんなもモフモフしたい顔になっている。

「みぃちゃんならいきなり雷魔法を放ったりしないでしょう」

「みゃぁちゃんのとの姉妹喧嘩《げんか》で不意に出ることだってあり得る。精神年齢は子猫なんだ」

みぃちゃんは自分を遠巻きに見ている家族に、どうしてモフモフしないの、と小首を傾《かし》げた。

父さん以外の家族はもうみぃちゃんの虜《とりこ》だ。大きくなってもプニプニしている肉球はまだ幼さを残している。

「うちに来た時には掌からはみ出ないほど小さかったのにね、みぃちゃんが少しずつ成長する姿を見たかったな」

……ミィ……。

悲しげに一鳴きするとみぃちゃんは体を丸めた。すると、みるみるうちに体が小さくなった。

「もっ、もとの大きさでいいよ。小さくなりすぎないでね」

始終ミルクを欲しがっていた赤ちゃんに戻られても困るので念を押した。

体の大きさを自在に変えられることに気が付いた父さんと顔を見合わせた。こんなことがあり得る世界ではないのだろう。

みぃちゃんの大きさがすっかり元に戻ると家族は警戒を解いてみぃちゃんに近づいた。

「おっきなみぃちゃんをモフモフしたかったな」

「大きくなってからいくらでもできるよ」

「あれ？　みゃぁちゃんはどこに行った？」

父さんはこれ以上厄介ごとが起こらないようにみゃぁちゃんの存在を確認した。

「これは駄目だよ」

みゃぁちゃんは光る苔の雫が入った瓶を持つお婆の方にすり寄っていた。

「みゃぁちゃんだって、おおきくなりたいんだよ」

「これ以上危険の種を増やしたくないぞ」

「ぼくたちが危険にさらされた時にみぃちゃんとみゃぁちゃんが強くなったら頼もしいよ」

「そもそも、お前たちを危険にさらさないようにするのが俺の務めだ」

「皆落ち着きましょう。みぃちゃんの状態をきちんと確認してから決めましょう」

母さんの言うことは大体いつも正しい。

まずはみぃちゃんやスライムたちがどうなっているのか調べなくてはいけない。

「スライムも大きさを変えられるのかな。おいで」

みぃちゃんの騒動の間も競技台でひたすら技を磨いていたぼくのスライムが、ボールのように弾んでぼくの掌にスポンとおさまった。移動方法まで変わってしまった。

「君も小さくなれるかい？」

スライムは触手を振って返事をすると、林檎《リンゴ》サイズからおはじきサイズに縮み色が濃くなった。

「凄いよ。この大きさならポケットに入れて持ち運べるね。楽に暮らせる大きさはどのくらい？」

スライムは林檎くらいの大きさに戻った。サイズを変えることが努力してできるのなら、体が小さくなっていることはみぃちゃんの負担になるのかな？

「みぃちゃん。小さくなっているのは辛《つら》いかい？」

ミャー、と鳴くがそれではどっちの返事かわからない。

「小さい状態が辛いならこっちの手を、問題ないならこっちの手を、お手してくれるかな？」

みぃちゃんは迷わず問題ない方をお手してくれた。問題ないなら小さい方が可愛い。

小さくなった肉球の触り心地を楽しんでいたら、ぼくのスライムがスーパーボールのサイズになって掌に飛び込んできた。水饅頭《まんじゅう》のように柔らかくなったりボールのように固くなったりして、ぼく好みの感触を探っている。触り心地が良いのは水饅頭だ。

「小さくなっても問題ないようだし、知性も上がっているような気がするよ」

「お手だったら前からしていたぞ」

「みゃぁちゃんでためすよ。こっちがミルク、こっちがおにく、どっちがいい？」

みゃぁちゃんはお肉を選んだけれど、この質問はどっちが正解かどうかわからない。

「こっちがおにくで、こっちがこのみずだったら、どっち？」

「ケイン！」

父さんは慌てたが、みゃぁちゃんは速攻で光る苔の雫の方にお手をした。あんなにマズそうな水なのに、レベルアップする方を選んだ。

ミャァ、と鳴くとみゃぁちゃんが上目遣《うわめづか》いで切なそうに父さんを見つめた。

落とす相手を見誤らない。賢い子だ。

父さんはみゃぁちゃんを持ち上げて視線を合わせて問いかけた。

「恐ろしくマズいんだぞ。……凄く苦いんだぞ」

父さんが言い聞かせてもみゃぁちゃんはミャァミャァと力強く返事をした。

みゃぁちゃんは本気だ。あの目はやる気だ。

父さんは諦めた。

「みゃぁちゃんにその水をあげてもいいと思うやつ、手を上げろ」

採決を取ると全員挙手した。みゃぁちゃんもあの拷問のような水を飲むことが決まった。

みゃぁちゃんは切腹前の武士が『お前たちしかと見届けよ』とでも言うかのようにぼくたちを見回した後、お婆の匙から雫を垂らしてもらった。

無様《ぶざま》な姿を見せないように頭を隠して丸まった。それでも体がビクビクと痙攣《けいれん》するのを止められないようだ。しばらくすると震える毛が長く伸び始めた。

みぃちゃんの時は動揺してよく見ていなかったが、長く伸びた毛が艶《つや》めくように輝くとみゃぁちゃんが見る見るうちに大きくなった。

ぼくたちが、ほう、とため息をついて見守っているとみゃぁちゃんも無事回復した。

元気になったみゃぁちゃんはみぃちゃん同様大きさを変えることができた。ほかにもいろいろ検証したかったけれど、ぼくたちの就寝時間ということでお開きになった。

みぃちゃんとみゃぁちゃんの魔獣の木札での検証は、魔力量を想定できないので明日外で試すことになった。

ケインはすぐに寝付いたけれど、ぼくは兄貴に聞きたいことがあったので黒板に書き込んだ。

『スライムたちが水を飲んだ時に精霊たちは干渉してきたかい？』

『精霊たちは囃《はや》し立てていただけだよ。楽しそうに騒いでいただけだった』

ぼくたちは見せ物なのか。

『光る苔の水は奇跡の水。マズいだけ。いいことばかり、らしいよ』

『奇跡の水って何だろう？』

『飲むことが試練になるほどマズい。個人差があるけれどいいことばかり。精霊に好かれる。悪いことはない。いろいろなことを言うけど、ハッキリしたことは言っていない。うるさいだけだよ』

『通訳してくれてありがとう。兄貴』

『兄貴って呼ばれると嬉しいよ』

『ぼくも兄貴ができて嬉しいよ。ケインも気配の探り方を覚えたら兄貴に気が付くかもしれない』

『そうなったらいいな』

『練習を見守っていてね』

『もちろんさ。もうおやすみ』

『おやすみ』

片付けてベッドに入ると先に休んでいたスライムとみぃちゃんに両側を挟まれた。寝入ると大きくなっている。

みぃちゃんの温かさに眠気が訪れた時、精霊たちに聞きそびれたことを思い出した。

ぼくたちが洞窟で飲んだ水はとても美味しかった。アレは何でだろう？

スライムがブルルンと震えて、早く眠れ、とでも言っているようだ。なんだかんだで疲れた一日だったので、あっという間に眠りに落ちた。

その時は知らなかったんだ。真夜中は猫たちの時間だってことを。


ペシペシとみぃちゃんの肉球で起こされた。昨日のことが嘘《うそ》のようにみぃちゃんは子猫のままだった。林檎サイズのスライムが頭の上に乗っているのでアレは夢ではない。

スライムは顔まで擦《す》り落ちると洗顔効果があるのかさっぱりしたが、口の中にも入ろうとした。

歯磨きは自分でするのでスライムを引き剝がした。

下の段でケインは大きいみゃぁちゃんとスライムに挟まれてまだ寝ていた。

「人の嫌がることはしてはいけないよ。勝手に体の掃除をされるとビックリしちゃうからね」

掌に載せたスライムにお説教をした。スライムには共感性がありそうだから、ケインのスライムにも伝わると良いな。寝起きの口にスライムを入れたくないだろう。

ぼくのスライムはわかったよ、と言うように体をプルンと震わせた。賢くて可愛い。

人の言葉を理解しているようなので、文字木札を取り出し『はい』と『いいえ』に並べた。

「おはよう、スライム。魔力が欲しいのかい？」

スライムはぼくの方に弾んできた。欲しいようだ。

「返事が『はい』の時はこっちで、違う時は『いいえ』だよ」

スライムを『はい』の木札の方に行くように、ぼくは両手を『はい』の方に置いた。スライムは迷わず『はい』の木札の上に乗ったのでご褒美の魔力をあげた。

「怒られるのは好きかい？」

意地悪な質問だけれど、『いいえ』に行かせるためなのだ。

スライムは理解していなかったようで、『はい』の木札の上に乗った。

「コラ！　人の顔の上にへばりつくなんて、窒息しちゃうじゃないか！」

語気を強めたのでスライムはビクッと震えた。

「怒られるのが好きじゃないならこっちだよ」

『いいえ』の木札のそばに手を置いてスライムを誘導すると、ぼくの掌にすり寄ってきた。

「にいちゃん、あさからうるさいよ」

「ごめんね。スライムに常識を教えながら文字も覚えさせていたんだ」

『はい』と『いいえ』の木札を見たケインは自分のスライムも試してみたくなったようだ。

ぼくのスライムがお手本で『はい』と『いいえ』の質問を二回ほど繰り返すと、ケインのスライムは任せておけと言うかのように木札の真ん中で準備した。

「もっとつよくなりたいのかい？」

ケインのスライムは『はい』の木札に真っすぐ弾んで飛び乗った。ケインは喜んでご褒美魔力をあげた。スライムがケインに忖度《そんたく》している可能性も捨てきれない。

みぃちゃんとみゃぁちゃんも興味深げに木札の間に立った。やってみたいようだ。

「ぼくのこと好きかい？」

みぃちゃんはバシッと『はい』の木札に足を置いてご褒美頂戴と言うように上目遣いで見た。

「ご褒美が欲しいの？」

みぃちゃんは当たり前だとでも言うように『はい』の木札を二度叩いた。

早くよこせってことだね。みぃちゃんを撫でご褒美の魔力をあげたらスライムよりもゴッソリと魔力を持っていかれた。これは一日に何度もやってはいけない。

「ケイン、みゃぁちゃんは魔力のご褒美の量が多いから一日一回しか駄目だよ」

ケインは頷くと、一回しかできない質問を考え始めた。

「みゃぁちゃんはつよくなりたいの？」

みゃぁちゃんは速攻で『はい』の木札を叩いた。ケインは嬉しそうにみゃぁちゃんを撫で回して魔力をあげた。

「あなたたち、朝から何をしているの！」

なかなか下りてこないぼくたちを心配した母さんが覗《のぞ》きに来たことで、猫たちに魔力をあげたことがバレた。

「スライムたちも猫たちも賢いから文字を覚えるかもしれないと思って、教えていたんだ」

「そういうことは朝の支度《したく》を終わらせてから、じゃなくて、家族と相談してからするものです」

わかっていたけれど、怒られた。

朝食の席に父さんは居なかった。昨日早退した分早く出勤したようだ。

母さんとお婆に猫たちもスライムたちも『はい』と『いいえ』の木札で意思疎通ができることを伝えたのに、幼児が魔力を使う弊害をとうとうと語られてしまった。

魔力枯渇の苦しみと、大人がいない中で二人きりで倒れたら死んでしまう、ときつく怒られた。

スライムのご褒美魔力程度なら、やり過ぎ注意ということで勘弁してもらった。

魔獣の木札をスライムで遊べなくなったら悲しい。

みぃちゃんとみゃぁちゃんへの魔力のご褒美は全面的に禁止されたので、他のご褒美を考えなくてはいけなくなった。猫まっしぐらとか、欲しいのさーみたいな美味しいものを作ってみよう。


午前中のお婆の手伝いにケインも猫たちもスライムたちもついて来た。ケインがいない時にぼくがスライムに光る苔の水をあげたのがショックだったようだ。

そんなに毎日面白いことが起こるわけがない。

みぃちゃんとみゃぁちゃんは二匹でお婆の椅子《いす》を占拠した。ケインはぼくの後ろに張り付いて、一挙手一投足を見逃すまいと意気込んでいる。

いくつかやってみたいことがあるから、お婆の視線がケインに釘付けになればいいのにな。

「カイル、何か企《たくら》んでいる顔をしているよ。相談なしに始めたら駄目だよ」

表情筋に身体強化をかけて表情で企みがバレないようにしてみたい。兄貴が助けてくれたらいいのにな。

「いつもの薬草の仕分けをスライムも手伝ってくれないかな、と考えていたんだ」

「スライムにできるかな？」

「スライムは形と硬さを変化させるから、仕分け作業のナイフの代わりに使ったら魔力むらを覚えてくれるかもしれないよ」

「その程度ならやってみようか」

作業台にスライムを乗せ、作業ナイフを見せながら説明した。

「左手で薬草を押えながら魔力むらを探し出して、右手のナイフで切り取るんだよ」

スライムはぼくの左手の上で広がり、魔力むらを見つけた指先の魔力を確認しているようだ。

「鋭く硬くなれるなら、ナイフの代わりになってくれるかい？」

スライムが動き出した時ナイフに変形してくれるのかと思ったが、思いもよらない形になった。

細長くU字型に伸びて、右側がナイフに左側が小さな手に変形した。なかなか器用な子だ。

スライムの左手にぼくの左手を添えて右手にスライムナイフを持って作業を続けた。

見守っていたお婆のスライムが自分もやりたいというようにお婆の手に乗った。

「あらまあ。あなたもやってみたいのね。同じような形になれるのかい？」

お婆のスライムも同じように変形したので、二人と二匹で作業した。ケインのスライムはいじけてしまったのか、作業台の隅っこで零《こぼ》れたジュースのように平たく広がった。

「ぼくはまだできないんだ。もうさんさいなのにね」

普通の三歳児は働かないよ。ぼくは楽しいから手伝っているだけだ。

「カイルは魔力むらを見つけたから手伝っているけれど、小さい子どもは働かなくていいんだよ」

「ぼくもおてつだいがしたいよ」

ミィ、ミャァ、と椅子で丸まっていたみぃちゃんとみゃぁちゃんも首を上げてこっちを見た。

お婆が忙しいのは事実だが猫の手はいらない。おとなしく見学していてくれ。

「スライムのナイフなら手を切ることもないだろうから、少しだけ手伝ってもらおうよ」

お婆はケインと不貞腐《ふてくさ》れているスライムを見比べて、無駄にしても良さ気な素材を持ってきた。

「根っこと葉っぱを切り分けてもらおうかな。固いところはスライムのナイフで切っておくれ」

お婆はケインの手に手を添えて、危なくないように作業に付き合った。兄貴も手元にいるから危なげない手つきだ。

「うん、そうそう。上手だね。とても初めてに見えないよ」

ケインも褒められて嬉しそうだ。

ぼくは自分の作業に戻ろうと持ち場の作業台を見て、驚いた。

ぼくのスライムが自力で作業を続けていた。仕分け済みの品も問題なく高品質だ。

「凄いじゃないか。ちゃんとできているよ。ぼくのスライムは働き者だね」

振り向いたお婆も品質を確認して驚愕《きょうがく》した。

「なんてこった。一匹でこんなに綺麗にできたのかい！　凄いスライムだね」

ぼくのスライムは褒められて照れたのか赤面するように体の色を少し濃くした。

お婆のスライムも負けるまい、と一匹で働き始めた。

ケインの仕事ぶりもしっかりしていたので午前中のお手伝いはすぐに終わってしまった。

「使った魔獣の木札はキチンと片付ける約束でしょう」

居間に戻ると掃除を終えた母さんにぼくとケインは叱られた。何か変だ。昨日片づけた後、今日はまだ遊んでいない。

「ぼくたちは昨日きちんと片付けたよ」

「おきてから、まだあそんでないもん」

ぼくとケインが母さんに無罪を訴えると、みぃちゃんとみゃぁちゃんがぼくたちの後ろにさり気なく隠れた。犯人はおまえたちか！

「カイル、ケイン。みぃちゃんとみゃぁちゃんを捕まえて！」

ぼくたちは母さんが素早く当たりをつけた容疑者たちを取り押さえた。

「いつの間にやらかしていたんだろう？」

「猫は薄明薄暮性《はくめいはくぼせい》で、私たちが寝ている間にきっと何かをしていたのよ」

二匹は母さんと目を合わせようとせず、ぼくたちの足元で小さくなって隠れようとした。

「ちらかしただけで、なにもしていないかもしれないよ」

騙《だま》されるな、ケイン。二匹の態度は明らかに何かやらかした疚《やま》しさに溢れている。

「ちょっとテラスに魔獣の木札を運んで検証してみましょう」

母さんは二匹の犯行を立証するために、禁止されていた魔力の使用を認めるようだ。朝令暮改ではなく、朝令朝改だよ。いや。これぞ即断即決の極みなのかもしれない。

手始めに昨日同様スライムたちを競技台にあげて戦わせた。

「スライムたちは魔獣の木札で学習しないと木札の技を出せなかったのよ」

ケインのスライムが母さんのスライムにボコボコにされている。母さんのスライムは火喰い蟻の技で火鼬の攻撃を防ぎつつ灰色狼五匹分のブリザードをコンボで決めた。カッコいい。

「次はカイルのスライムよ！　来なさい‼」

ぼくのスライムは弾みながら競技台に上がった。負ける気はさらさらないようだ。

母さんのスライムが先制攻撃で、灰色狼二匹分のブリザードの煙幕に雷電虎《ライデンドラ》の雷を反射させて変則的に飛ばしてきた。ぼくのスライムは土竜《モグラ》の土壁で自身の周囲に砦《とりで》を築くだけで精いっぱいだ。

強すぎだろ……う？　ああ⁉　母さんこそぼくたちが寝た後でスライムを鍛えていたんだな！

大人ってずるい‼

「頑張れ！　反撃だぁ‼」

ぼくのスライムは砦を飛び出し無防備に自身を晒《さら》すと、すかさず母さんのスライムが雷の一撃を放った。だが雷がくることを予測していたぼくのスライムは、飛び出した時から虹鱒《ニジマス》の水鉄砲を乱射して雷の軌道を逸らし母さんのスライムの方に誘導すると見事に当てた。

よくやった。ぼくのスライムは賢いぞ！

「あら。カイルのスライムに学習されてしまったのね。まあ、二連戦だし、よく頑張ったわ」

母さんは労《ねぎら》いながら魔力をあげた。スライムにご褒美魔力を禁止にしなかったのは、自分も遊びたかったからなのかもしれない。

スライムたちの戦いを真剣に見つめていた二匹の子猫に、したり顔をした母さんが言った。

「さあ、みぃちゃんとみゃぁちゃん。あなたたちの番よ。実力を見せつけてあげなさい」

二匹は颯爽《さっそう》と競技台に上がった。

はい。犯人はこの二匹です。

みぃちゃんとみゃぁちゃんは昨夜ぼくたちと一緒にベッドに入って、起きた時も一緒だった。

犯行時刻は母さんたちが寝静まった後から早朝だろう。魔獣の木札を引っ張り出して学習したに違いない。だって、二匹は魔獣の木札を使わずにキレッキレな技を出し始めたのだ。

先攻のみゃぁちゃんが速攻で雷電虎の雷を放つと、すぐさまみぃちゃんが土壁で阻んだ。みぃちゃんは土壁を乱立させ、素早く身を隠して灰色狼のブリザードを不規則に繰り出し、みゃぁちゃんを翻弄《ほんろう》した。

みゃぁちゃんは強烈な一撃を食らうことはなかったが、ダメージを蓄積させていった。

みぃちゃんは得意気に小技でも勝てるんだよ、と言うような笑顔を見せた。煽《あお》りはよくないよ。

案の定、みぃちゃんの態度に小バカにされたと感じたみゃぁちゃんが怒りに震えだした。

ギャゥニャゥニャゥニャゥー‼

みゃぁちゃんは奇声を上げながら背中を丸めて毛を逆立て、ムクムクと大きく成猫化した。

「遊びに本気で怒らないの！」

母さんは競技台をひっくり返して、勝負をドローにした。

「みぃちゃんとみゃぁちゃんはそこに座りなさい」

みゃぁちゃんは驚いて子猫のサイズに戻り、みぃちゃんと並んでテーブルの隅で丸くなった。

「あなたたちは真夜中に勝手に魔獣の木札で遊んでいましたね。証拠は木札を使わずに今の勝負ができたことです。急に体が大きくなったからといって大人のように魔力を制御できるわけないでしょう？　お家を爆発させてしまったかもしれないでしょう？　何々？　結果爆発していないと。ふむふむ。負けそうになって大きくなったのは誰ですか？　そうですね。みゃぁちゃんです。みぃちゃんも他人事《ひとごと》ではないのですよ。光る苔の雫のことは家族だけの秘密ですって昨日お話ししましたよ。価値が高すぎて私たちを殺しても奪いたいと思う人が出て来る代物なんです。あなたたちが急に大きくなったことを他人に知られるわけにはいかないのです。……ごめんなさい。そうですね。そこまで深刻に考えていなかったのね。私ももう少しきつく言いおいておけばよかったわ。そうですよ。相互理解が大切なのです。わかったら不用意に魔力を使わないでくださいね」

母さんが本気で怒ると丁寧語になるようだ。

途中まで逆らうような顔をしていた二匹も、猫語を理解する母さんに叱られてすっかり反省して萎《しお》れてしまった。

「真夜中は猫の時間だから、安全に遊べる玩具でも作ってあげるわ。何がいいかしら？」

叱った後でも母さんは猫たちに優しい。

「洗濯機に遊び心を足してみようよ。そしたら夜のうちに洗濯が終わって、母さんは楽できるし、みぃちゃんとみゃぁちゃんは遊びながらお手伝いができるよ」

二匹は洗濯機が稼働しているのを見ているのが好きだから、ルーレットでもつけたら喜んで追加の魔力をくれるだろう。乾燥機まで稼働させられるかもしれない。

「いい案だとは思うけれど、夜中に洗濯機を回すとうるさいわ」

「指定した場所だけ音を消す魔術具とかないのかな？」

「あるにはあるけれど、結構魔力を使うものだから、父さんに相談してみましょう」

「きょうのばんは、みぃちゃんとみゃぁちゃんはあそべないの？」

「そうねぇ。鼠の玩具を改良して、生活魔術具に魔力を供給するお仕事でもしてもらおうかしら」

「よかったね。みぃちゃん、みゃぁちゃん」

こうして、子猫たちのいたずら騒動も大団円となった。やっぱり母さんは凄いね。


あれから数日が過ぎ、我が家のルールが決まり定着しつつあった。

『子どもとペット魔獣の魔力使用は魔獣の木札等の玩具とお手伝いのみ』となった。

問題はご褒美魔力の扱いであった。

スライムは働き者なのでご褒美の回数が多く、最近自分たちが可愛いことに気が付いたようで、魅せ方を変えてアピールすることを覚えた。

光に当たれば体が透けて宝石のように輝き、視線を集めた時にプルンと震えれば女性陣の心を鷲《わし》掴《づか》みにし、上限付きではあるが、ぼくとケインのご褒美魔力をもらうことが認められた。

こうなると、みぃちゃんとみゃぁちゃんも黙っていない。子猫が可愛いのは当たり前なのだが、よくよく考え抜かれたような仕草でアピールしてくるようになった。

潤んだ瞳《ひとみ》で見上げて小首を傾げた角度が完璧に可愛い。後ろ足で立ち上がり、前足でするおねだりのポーズではしっぽを優雅に左右に揺らすのだ。父さんをデレデレにする破壊力がある。

女性陣を籠絡《ろうらく》するのも時間の問題かと思われたが、母親は子の健康を第一に考える。

みぃちゃんとみゃぁちゃんはぼくたちの魔力を貰わなくても健やかに育つし、ぼくたちの年齢でこんなに魔力を使う子どもの事例がないから、健康被害を考慮してご褒美魔力を簡単にあげることは認められなかった。

光る苔の雫を摂取した二匹は、昼間は子猫のふりをしているが、本当は成体サイズの大山猫なのだ。一回のご褒美魔力がスライムよりもずっと多い。

だが、みぃちゃんとみゃぁちゃんも諦めなかった。毎晩洗濯機を稼働し、乾燥が終わった洗濯物を個人別に仕分ける作業までして自らの存在価値を高めた。

これに気をよくした母さんが、種類別に風魔法で洗濯物をたたむ魔法陣を木札に描いて、衣装のたたみ方まで学習させたのだ。

朝起きた時には、個人別に仕分けされてたたまれた洗濯物の上に、二匹が得意気な顔で座っていることはご愛嬌《あいきょう》だ。猫の手を借りる日々が実現したことで女性陣もすっかり感動してしまった。

新たなご褒美を考えていると、お婆が新鮮な牛肉の赤身を買ってきてくれた。

苦心して作った猫まっしぐらな煮込みは、みぃちゃんとみゃぁちゃんもお気に召してくれたが、スライムたちも気に入ってしまった。二匹の特別なご褒美感がなくなってしまった。

解決策を出したのは父さんだった。

ぼくとケインやみぃちゃんとみゃぁちゃんが捕まえたたくさんの昆虫の魔石から、雑多な魔力を抜く魔術具を制作してくれた。ぼくとケインは魔力が空っぽになった魔石を小袋に入れて首から下げることで、ぼくたちの魔力を馴染《なじ》ませることに成功した。

これで体に負担をかけることなく二匹にご褒美魔力をあげることができるようになった。

ちなみにスライムたちはこの魔力金平糖《コンペイトー》もどきより、指先から直接魔力を貰う方を好んだので、魔力金平糖はみぃちゃんとみゃぁちゃんのための特別なご褒美としての価値を高めた。

こうして、みぃちゃんとみゃぁちゃん対スライムたちによる、可愛い仕草でご褒美ゲット選手権は終止符を打った。

調子に乗った父さんは円盤型の掃除機の魔術具にボタン一つで遊園地のコーヒーカップのようにグルグル回転する機能を追加しみぃちゃんとみゃぁちゃんを喜ばせた。

その結果、我が家の魔獣ペットたちは漏れなく猛烈に働くのが当たり前になってしまった。

そんなペット魔獣の中で一番頭角を現したのは、お婆のスライムだった。

簡単な調合もこなせるようになり、ぼくを抑えて一番助手のポジションを獲得してしまった。

お婆の薬や美容液はとても人気で、一番助手のスライムはできる調合の種類をどんどん増やして、お婆の負担を減らしていった。ぼくやケインのスライムたちも負けるまいと頑張るので、生産量は増えたけれどぼくたちの負担は減った。

お婆はゆとりができて、光る苔の雫の研究を隠密に始めた。

元からあった水槽を赤ちゃん苔用にし、水槽を新たに二つ作り、新しい水槽の片方に一つ、もう片方に二つの苔を入れて、広さによる成長の違いを観察することにした。

毎日、各水槽の光る苔の重さや周囲の長さを測り、色艶や手触りも記録に取った。

少しずつ大きくなっていくので記録を取る作業は楽しかったが、水槽が増えた分、掃除の手間も増えたことは面倒だ。

ケインも手伝ってくれるが、敷き詰めた石の隙間《すきま》の掃除まで任せられない。

ぼくは考えていることが顔に出る性分だ。三つも水槽を掃除することが面倒だ、と察したぼくのスライムは掃除中の水槽の前で震えると、決死の覚悟でぼくの手をよけて水槽に張り付いた！

水槽全体に薄く張り付いたスライムは苦しそうに震えながら、舐めとるように水槽を掃除した。

ケインとお婆のスライムが心配そうに、悶《もだ》えるぼくのスライムを見て身を寄せ合って震えた。

お前たちには掃除の手伝いはさせないよ。こんな苦しいことはする必要はない。

掃除を終えたスライムが痙攣したように震えたままポトリと床に落ちた。

ぼくのスライムが献身的すぎて辛い。

両手でスライムを救い上げると労《いた》わるように頬《ほお》ずりをした。

「無茶をしたら駄目だよ。水槽の掃除は父さんに魔術具を作ってもらうから心配いらないよ」

掌で震えていたスライムが薄く光った。

そして、掌から溢れるほど大きくなり小玉の西瓜《スイカ》サイズになった！

そうだった。苦しそうなスライムの様子を心配して忘れていたが、光る苔の雫は魔獣たちをパワーアップさせる。しかも魔獣たちは自ら望んで服用したんだ。

「とうとうやってしまったのね。スライムたちに手伝わせていたら、こういう事故が起こるかもと懸念していたのよ。カイルやスライムのせいではないよ。取《と》りあえず様子を見ようね」

「おおきくなったから、つよくなったかな?」

ぼくのスライムはお婆とケインのスライムの倍以上大きくなっている。飼い始めたばかりのイシマールさんのスライムより三倍は大きくなっているだろう。

日中はみぃちゃんとみゃぁちゃんのように小さくなってもらえば誤魔化せるかもしれないけれど、うっすらと光っているのはどうしよう?

「体の光を抑えることはできるかな?」

ぼくのスライムは体が光ったことが嬉しかったのかフルフルと体を揺らしていたのに、ぼくの言葉に動きを止めてしまった。新しく得た能力を否定するようなことを言ってしまったが、光る苔のことは秘密なのだ。スライムは理解したようで、体を小さくして光るのを止めた。

ぼくが安堵《あんど》した時には確信犯たちが犯行を終えていた。

お婆とケインのスライムがポトリ、ポトリと床に落ちて震えていたのだ。

おまえたちはさっきまで恐怖に震えていたじゃないか!

うちのスライムたちはどうしてリスクを度外視してそんなに能力を高めようとするのだろう?

夕食後家族会議が開かれた。

テーブルの上には『はい』『いいえ』と書かれた木札が置かれ、みぃちゃんとみゃぁちゃんとスライムたち全員が木札を取り囲みテーブルに乗り、各自が自由に意思表示できる。

父さんが口火を切った。

「本日の議題は、我が家が平穏に暮らしていくためにはどうすべきか？　それと、あと一つあるが、後ほど話そう」

議題の発表に魔獣たちが騒《ざわ》めいた。今回の事故に遭ったスライムと確信犯のスライムたち以外の魔獣たちは明らかに動揺している。

自分たちも光る苔の雫を再び貰えるかどうかが議題だと思っていたようだ。

「今回、働くスライムたちが水槽掃除の手間を省くために光る苔の雫を摂取してしまったのは、あくまでも事故です。その結果、魔力の扱いが向上したことは副産物にすぎません。今後このような事故を防止するために、製薬の作業部屋に光る苔の水槽は置かないことになりました」

母さんは淡々と説明した。確信犯たちまで事故扱いにしてしまった。

はなから結論ありきの家族会議なのか！

二匹の猫と一部のスライムたちが『いいえ』の木札にすかさず手を伸ばした。スライムたちは触手のような手だ。

「まあ落ち着いてくれ。事業展開するように商業ギルドから要請があったんだ。製薬部門と化粧品部門を立ち上げて、従業員を雇うことになった。明日から建物の建設も始まる。光る苔は秘密だからそっちには持っていかず、専用の部屋を作るよ」

父さんの説明に全員『はい』の木札に手を置いた。

「それで、カイルとケインはお婆の助手として短時間のみ手伝うことをギルドも認めてくれた。これは修行を兼ねた家業の手伝いという範疇《はんちゅう》だ。だからスライムたちも短時間手伝ってくれ」

ぼくとケインのスライムは慌てたように『いいえ』の木札に飛び乗った。

……もっと働きたいのか⁉

「お前たちは働き過ぎ、というか優秀すぎなんだ。新しく雇用する人たちより生産性が高すぎるから、相対的に新規雇用者が無能に見えてしまう。別室でちょこっと働いて、空いた時間は近々再開する遊び部屋で子どもたちと遊んでほしいんだ」

「街の治安問題は解決したの？」

「繁華街の各所に兵士の詰め所ができた。その上、遊び部屋に来る子どもたちの中にはキャロお嬢さまやボリスのような上位貴族の子息令嬢もいるから、護衛の騎士が街中を同行するだけで治安も向上するだろう、ということになったんだ」

それから、父さんは少し申し訳なさそうな顔になった。何かあるのかな？

「キャロラインお嬢さまが金箔の魔獣の木札を入手したんだが、綺麗なだけで特別な技はない。だから、手加減というか、接待遊戯をしてほしいんだ。技を組み合わせて複雑にするのは禁止する」

父さんがそう言うと、速攻でケインと魔獣たちが『いいえ』の木札に手を置いた。

「だから、話は最後まで聞きなさい。母屋で遊ぶときには禁じ手はなしでいいのよ。存分に研究して新しい技を生み出していいの。キャロラインお嬢さまの扱いは、この街で家族が平穏に暮らしていくためにどうしても配慮しなければいけないのよ」

全員落ち着いて『はい』の木札に手を置いた。

「遊び部屋を開放する前に手加減の練習もしましょうね。みぃちゃんとみゃぁちゃんは興奮しない練習も必要だよ」

お婆の言葉に二匹はおとなしく『はい』の木札に手を置いた。聞き分けが良いぞ。

「働き方改革と接待遊戯は皆納得してくれたようだから、光る苔の雫の取り扱いについてだ」

父さんの話題転換で、魔獣たちが食い気味に光る苔の管理をしているお婆の方に身を乗り出した。

「現状では光る苔の雫の過剰摂取が体に害がないとは言い切れない。だから家族にたくさん摂取させるのは時期尚早だと考えているのさ。皆家の大切な家族なんだから悪い副作用が出たら後悔してもしきれないじゃないか。飲ませない理由がマズい以外にもあることをわかってくれるかい？」

魔獣たち全員がゆっくりと『はい』の木札に手を置いた。

「わかってくれるならいいんだ。ただね、現状では三匹のスライムだけ急成長しているから他の子たちが不満に思っているのも理解しているのさ」

猫たちとスライムたちの計四匹の魔獣の手が『はい』の木札に素早く伸びた。

「あなたたち用に光る苔の雫をほんの少し入れた回復薬を作ったのさ。試してみてくれるかい？」

魔獣四匹は高速で『はい』と返答した。息ぴったりで、種族の壁を越えた友情を育んだようだ。

「事故で大きくなった子たちは保留だよ。本当は全員で試すつもりだったんだけどねえ」

先走ってしまったスライムたちが触手を両手のように伸ばし、テーブルについて土下座した。

「光る苔の雫は控えめに入れて人間用の回復薬で調合してみたけれど、味はどうにもできなかったね。婆も試すけれど、治験をお前たちですることを許してくれるかい？」

四匹は迷わず『はい』と答えた。

誰が一番に試すかという議論が起こったが、最初の一人の苦しみ様を皆で見守るより、四匹と一人が同時服用することになった。

覚悟を決めて、皆で一気に服用するとお婆まで体を丸めて蹲《うずくま》った。震えは小さいし、いつもよりずっとましに見える。

「そんなにマズくないのかい？」

お婆を含めた五人が『いいえ』に手を置いた。お婆も喋《しゃべ》れないほどマズいのか……。

「毎日飲むのは無理そうかい？」

全員『いいえ』と返答した。

こうして、事故に遭ったスライムたちと魔力の扱いが同等になるまで、治験は続けられることになった。

「続いての議題はとても大切な話だ」

父さんが真面目《まじめ》な顔で仕切りなおした。

「カイルの亡くなったお母さんの家族から連絡があった……」

突然の親族の登場で家族全員に動揺が走った。

父方の親族と話し合いは済んでいたが、母方の親族なんてぼくには心当たりがない。

「カイルの親戚を悪し様《あざま》に言いたくないけれど、私が王都で家族を亡くした後に現れた親族は、孤児になった私の生活費や学費などの援助を一切してくれなかったのに、ジュエルとの結婚が決まるとさも自分たちが後見人だという面をして、結納金をよこせと言ってくる最悪の人たちだったわ」

ぼくも突然増える親戚とは、宝くじに当選したら湧《わ》いて出て来るイメージがある。

「そうではなくって、カイルの親戚は亡くなる前から連絡を取ろうとしていたようなんだ」

父さんの話をまとめると、ぼくの母方の親族は母を嫁に出した後も一部の親族が連絡を取っており、ぼくの両親が山小屋の管理人に選ばれたことは伝わっていたが、鉄鉱石の採掘用の橋をかける工事は領の機密事項だったので山小屋の所在地が公表されず、母との連絡が途切れ、消息を知った時には亡くなっていた上、ぼくは養子になってしまった後だったということらしい。

「カイルのことを気にかけていて、親族代表者が引き取りたいと言ってきている。もちろんカイルの意思が優先されるよ」

「にいちゃんどこにもいかないで！」

おとなしく話を聞いていたケインが真っ先に声を上げた。

「カイルはもう私たちの息子だからどこにもやりたくないけれど、先方にとっても大切な家族なんだから、一度きちんとお話し合いをしなければいけないわ」

母さんの息子になれてぼくは幸せだ。

「婆にとっても大切な孫だよ。先方さんは一度も会ったことのない親戚なんだよ。話し合いは必要かもしれないが、引き取りたいと言われても応じられないよ」

お婆の孫になれたことを誇りに思うよ。

「そんな過激な話ではないようだぞ。カイルが教会に認められた養子であることは先方も十分理解しているようだ。本人にその気があれば、と言ってきているそうだ。俺たちはカイルを本当の息子だと思っている。よそになんかやりたくない。お前が俺たちを本当の家族だと思っていてくれたらそれでいいんだ」

父さんの言葉が胸にしみた。

あの日、突然うちの子になれと言われた時には、戸惑いしかなかった。父方の親族に引き取りを拒否された時点で、もうなるようにしかならないと諦めていた。

だけど、この家に来た初日からぼくがいることが当たり前のように優しく接してくれた。酷《ひど》い惨事に巻き込まれた子。両親を亡くしたかわいそうな子。行く当てのない子。こんな現実なのに憐憫《れんびん》の眼差しを向けることもなく、日常生活を楽しく過ごせるようにしてくれた。

家族全員がぼくを本当の家族として扱ってくれていることに、疑問を持っていなかった。だから、わざわざ口に出して言うことではないから、今まで言わなかった。

「ぼくはこの家で皆と家族になれて本当に良かった。父さんや母さん、お婆やケインに受け入れてもらえて嬉しかった。口に出して言うのは恥ずかしいけれど、先方に誤解されないようにはっきり言うよ。ぼくはこの家族を愛しているって」

赤面してしまったけれど、つっかえずに自然に言えた。

父さんが号泣すると母さんとお婆も泣き出した。そしたら、ケインもつられて泣いてしまった。

皆が代わる代わる抱きつきながら愛してるよって言いあった。

温かくて優しい、それがぼくの家族だ。

「にいちゃんは、ずっとずっと、ぼくのにいちゃんだ」

嬉しくてぼくも泣いた。ケインはぼくの大切な弟だ。

ケインと抱き合っていたらみぃちゃんとみゃぁちゃんがぼくたちの肩に登ってきた。スライムたちは頭の上を占拠した。

「みぃちゃんとみゃぁちゃんに、スライムたちも大好きだよ」

みんなに愛されていることを改めて実感して、幸せな気分で家族会議が終わった。

後日面会することになった母方の親族たちがとんでもない一族であることを、この時父さん以外は知らなかった。


ケインはベッドに入るといつものようにすぐ眠ってしまったが、ぼくはまだ興奮していた。

黒板の前で佇《たたず》んでいるとみぃちゃんとみゃぁちゃんが足元で体をこすりつけてきた。スライムたちもベッドの縁から心配そうにこっちを見ている気がする。

家族全員に愛していると言ってもらったけれど、ぼくにはもう一人伝えたい人がいる。

ぼくがこの家に来る前から家族を影で守ってきた不思議な存在。

『兄貴のことも愛しているよ』

ぼくが書き込み終えると兄貴がぼくの手にやって来て返事を書き込んだ。

『知っているよ。カイルはぼくを愛していて、ぼくはカイルを愛している。君がいて嬉しい』

『本当は、ぼくの立ち位置に兄貴がいるべきなんじゃないかと思うんだ』

ぼくの書き込みに兄貴は動きを止めた。

『家族に愛されるのは兄貴であるべきなんだよ。ずっと家族を見守ってきたんだから……』

『ぼくはいないはずの存在だ。精霊たちがそう言っている』

兄貴は見えないけれどいる。ぼくだって気配しかわからないけれど、確かに存在しているんだ。

『兄貴はいるよ。存在している。……精霊たちは口が悪そうだから話半分でいいんだよ』

『ぼくはどこから湧いてきて、いつからここにいるのかよくわからないよ』

『わからないことはわからないでいいんだよ。兄貴はずっと家族を見守ってきた。これは事実で、兄貴はここにいる。それでいいんだよ』

ぼくは自分で対処できない事態に陥《おちい》って、流れに身を任せたのに家族と幸せに暮らしている。

『兄貴が家族を守って、家族が幸せに暮らしているんだ。ありがとう』

『ぼくはみんながいるからここに存在している気がする。それでいいんだね』

『みんなで気配を探す練習をしているから、きっといつか皆も気が付いてくれるよ』

『そうなるといいね』

ぼくの気持ちが落ち着いたのを察したみぃちゃんとみゃぁちゃんが子ども部屋を出ていった。

ここから先は猫たちの時間だ。

カイルなら俺たち家族を選んでくれると信じていたけれど、家族会議は緊張したぞ。母方の親族には申し訳ないが、カイルのいない生活はもう考えられないよ。どうにも凄い一族らしいが、人柄を見なければ何とも言えないな。

ジュエル

私の遠い親族が現れた時のようにお金目当てではなさそうだから、しっかり話し合いをしないといけないわ。あんな良い子に育ったのはきっとお母さんが素敵《すてき》な方だったのでしょうね。私たちが立派に育てられることをお知らせして納得してもらいましょうね。

ジーン

小さい子どもの家庭環境がコロコロ変わるのはよくないと情に訴えてみようかね。悪い人たちでなさそうならこの町に滞在中は家に泊まっていただいて、婆たちの生活を見てもらうのも良いかもしれないよ。魔獣たちと楽しく遊んで、幸せに暮らしていたんだから無理を言わないでくれるといいね。

ジャネット

閑話　ラインハルトの穏やかならざる一日

My life in another world is a bumpy road ahead.

城内を歩くだけで皆が足を止めて会釈する。最敬礼だけはやめさせることができたが、敬礼するものもまだいる。本当は黙礼程度で良いのに。顔が見えた方が親しみも沸くじゃないか。

王都出身の私には、この領では何かと打ち解けない壁のようなものがあるように感じてしまう。

だが、私はジュエルがいる限りここで暮らしていきたいのだ。

冬は厳しいが夏は過ごしやすく、水は綺麗《きれい》で食べ物も美味《おい》しい、人々は素朴で一見、いや、概《おおむ》ね親切だ。大きな娯楽はないが、終《つい》の棲家《すみか》はここで良いと思わせる魅力がある。

まあそれは私にとってそうなだけだ。

実際にはそれほど魅力的な土地ではなかったようだ。

綺麗な水が長生きの秘訣《ひけつ》だと一時、高位貴族の間に別荘を持つことが流行《はや》った。

老後をこの領で過ごす貴族が増えることを期待した領主は、城壁ごと領都を拡張する大開発を行ったが、娯楽の少なさに、所詮《しょせん》田舎領地と数年で飽きられてしまった。

貴族の移住をあてにしてしまったため、従者を含めた使用人を多数引き連れて来ることを期待し、拡張した住宅街も広大な空き地だらけになってしまった。

期待していた人口増加がなかったので、領都を広げた分大きくなった結界は魔力不足が死活問題になった。一般市民の微々たる魔力量だって、なければ苦しいのが貴族の本音だ。

王都周辺で起きた魔獣暴走の被災者に移住を勧めたが、厳しすぎる冬と、外部出身者に微妙な距離感を醸し出す地元民との軋轢《あつれき》に、移住者たちは数年で転出していくのであった。

伯父たちに何かいい手はないかと相談されたのでジュエルを推薦した。省魔力の魔術具の開発では群を抜いた青年だ。

平民ごときに何ができるのか、と言うので、王都復興の立役者として貴族に格上げさせた。伯父たちは身分で人の評価を変えないが、自分たちの発言を読み違える部下がいることを考慮しない。

伯父たちの本意はジュエルが平民の立場のままでは、対外的な配慮をしなければ、仕事を滞らせるような横やりが入るだろうからどうにかしろ、ということなのに、腹心の部下以外には伝わっていない。

ジュエル本人にとっては、はた迷惑な叙爵だったようだが、立場がしっかりしていないと動いてくれない面倒な人間がいるのが世の常だ。

ジュエルと知り合ってから楽しいことばかりだ。あいつの発想はとにかく面白《おもしろ》い。

ジュエルの行くところなら何処《いずこ》へでも同行するのは私にとって必然であり、適当な役職を奪って転居するのは当然の行いだ。

貴族街に家格に合わせた屋敷を建て、永住する姿勢を見せてもまだ皆打ち解けてくれない。

ジュエルが貴族街に居住するのは拒否したので、広げ過ぎた住宅街の奥を与えたら面白いことをいろいろ始めた。あいつに広い土地を与えたのは正解だったようだ。

「ハルトおじちゃま！」

多数の従者を引き連れたキャロが廊下をトコトコ走って来て抱きついてきた。

子どもは良いな。先入観が全くない。

「おじちゃま、きょうのおみやげはなあに？」

物目当てでも構ってくれるのは嬉《うれ》しい。

「ふわふわホットケーキだよ」

ジャネットにハンドミキサーを貰《もら》ってから家の料理長が頻繁に作るようになった。

「おじちゃまもいっしょにたべられますの？」

小首を傾《かし》げて笑顔で見上げられると、可愛《かわい》らしくて何でも言うことを聞いてしまいそうになる。

だが今日は面倒ごとの処理を先に済ませなければいけない。

「おじちゃんは、じいじとお話があるから、それは無理なんだよ」

「じいじとのおはなしがおわったら、あそんでくださいさますか？」

「ああ、よいとも。いい子にしているんだよ」

「キャロはよいこなのです。せいれいさんにまたあうために、がんばるのです」

「いい子は廊下を走ったりしないよ。可愛いキャロは、可愛らしく歩いておいで」

「わかりましたわ。おじちゃま。キャロはかわいい、よいこになります」

そうだね、と頷《うなず》くとキャロの乳母に目で指示を出し、乳母はキャロに退去の挨拶《あいさつ》を促した。

「おじちゃま。また、のちほど、おあいいたしましょう」

「おじちゃんも楽しみにしているよ」

キャロは精霊に会ってから聞き分けがよくなった。甘やかしてあげたいが、あの子たちのように賢く育ってほしい。


奥の間に通されるとすでに人払いがされており、伯父上こと領主エドモンドがお茶請けに手土産のふわふわホットケーキを摘まんでいた。

「これはなかなか美味い菓子だ。ジュエルの家の菓子を模倣したのかい？」

「そうですよ。珍しい作り方なので専用の魔術具を貰《もら》いました。あそこの一家の創意工夫は実に面白いですよ。この前はほぼ同じ材料で、薄く焼いた二枚の生地に豆を甘く煮た餡子《あんこ》を挟んでいただく、どら焼きも食べましたが、趣が異なっており、たいそう美味でした」

「そっちも食べたかった。美味しい手土産なら大歓迎だ」

「手で持って食べるから貴族向きじゃないと、試食を断られたので、私も厩舎でイシマールと立ち食いしたんですよ」

「気軽に出歩ける奴《やつ》は良いな。今度キャロに頼んでもらってこよう」

「気軽に出歩けないお立場だからこそ、一番先に最新トイレを使えたんですよ」

「ああ。アレは素晴らしい。温かい便座に座り温水でお尻《しり》を洗うなんて、一度経験したら他のトイレなど使いたくなくなる。城内の改装費用を渋った奴らには新しいトイレは使わせないぞ」

「ジャネットにトイレの権利を献上させようとした奴にも売りませんよ。制作販売権は適正価格で買い取ったので、魔法陣の使用料は適切に支払いますよ。私の名があれば干渉できないでしょう」

「我が領は昔から平民との距離が近く、貴族の選民意識は低い方だが、ああいった阿呆《あほう》は一定数いるものだ。そういう奴らに限って領への魔力奉納を渋るんだ」

「困りますね。緑の一族を迎えるのに、彼らを平民扱いしようとする者がいるようです」

「ああ。緑の一族への失態は避けなければならない。それにしても騎士団もよくあそこまで詳細にあの一族を調査したものだ」

緑の一族の件は誘拐事件の調査から出てきた事実ではない。山小屋殺傷事件の調査から明らかになったのだ。

辺境伯領と呼ばれるこの地は上質な鉱物がたくさん産出される。だが、この世界は調和でできている。採掘し過ぎると瘴気《しょうき》が発生して死霊系魔獣を大量発生させるのだ。

採掘量を調整し、数百年単位で採掘する場所をずらしている。新坑道と呼ばれている現場も実は過去の採掘現場なのだ。だから大々的に橋を架けずに、夏場の短期間に特殊部隊を派遣して、ジュエルの特殊なつり橋を一時的に架ける予定だったのだ。

ジュエルのつり橋はロープの中に大量のくず魔石を編み込み、魚獲りの投網のように広げれば一瞬で橋が架かるのだ。その大量の魔石に魔法陣を刻むのはジーンの仕事だったのに、魔石が山小屋に誤配送されてしまい事件は起こったのだ。

現場には、すべてを知るジュエルがいなかった時点で重要な情報はなく、盗まれたのは魔法陣を刻む前の未加工のくず魔石だけで、皆殺しにしてまで奪われるようなものなど何もなかったのだ。

「ジュエルが雇った管理人夫婦、カイルの両親が山小屋の結界の魔法陣に沿って特殊な魔獣除けの薬草を植えていたので、現場が魔獣に荒らされることがなかったのです。父親は領都拡張計画に伴って新規開拓した農村のきこりの息子で、とりわけ特殊な教育を受けた経歴はありませんでした。母親の経歴も王都の初級魔法学校を卒業した後、父親と同じ開拓村に入村しているようでして、山小屋の守りの結界のような上級魔法は彼らが知り得るような知識ではありませんでした。第六師団がさらに踏み込んだ身元の調査をし、母親が緑の一族の出身であることが判明したのです」

「本物の緑の一族なのか。……あの緑の一族がガンガイル王国に実在していたのか……」

伯父上の動揺は大げさではない。誰《だれ》もが聞いたことはあっても、まず出会うことのない一族だ。国を越えて移動することが慣習的に認められており、法的にはどこの国にも属していない。荒野を十数年単位で移動し、魔力の多い地にしばらく定住する、と言われている。滞在国の基準で納税するが徴兵に応じることはなく、特定の国民として扱われることはない。

ただ、魔力の多い地に定住するというのは、真《ま》っ赤《か》な嘘《うそ》だ。本当のところ、緑の一族は魔力の少ない地に定住して魔力を整えているのだ。

一般的に緑の一族が滞在すると豊作が約束されるようなもので、数年滞在するだけで穀物相場まで変えてしまう影響力がある。だから、緑の一族を拒む国はないのだ。

だが、緑の一族が滞在していることは、その国の魔力量に偏りがあり内政が上手くいっていないことを、一族の本質を知る一部の上位貴族たちに露呈しているようなものだ。立ち去れば今までの豊作もなくなる。それ故、緑の一族が滞在していることを明かす国家元首はいないのだ。

「カイルの母親が一族出身で、母親の死後、カイルの行方《ゆくえ》を心配した族長が複数の冒険者に調査と育成環境が悪い場合の緊急保護を特別料金で依頼したようです。そこで悪徳冒険者が誘拐を企《たくら》んだのが例の一件の顚末《てんまつ》です」

「そうだったのか。しかし……、緑の一族がわざわざ城まで挨拶に来なんでも、ジュエルの家に直接訪問するだけでよかろう」

「表向きは精霊神の祠《ほこら》への参拝となっていますが、カイルの救出に騎士団を派遣したことへの謝礼が本命です。公には誘拐事件は南門で保護したことになっているので配慮された模様です」

「まあそれなら仕方ない。わざわざこちらが請求したわけでもない騎士団動員の謝礼金を持参するなど、子ども一人の捜索費用として三分割してもなお相当な額になるだろう。緑の一族はずいぶん羽振りがいいようだな」

「その様ですね。冒険者ギルドに多額の資金を積んで、カイルの現状を調査させていたようです。祠の精霊の件も口外法度になっているのに祠の参拝を口実にするのですから、いったいどこまで調べが付いているのでしょうね」

緑の一族がガンガイル王国にいるということは、この国は歪《ゆが》んでいる。

指摘されなくとも伯父上たちは理解している。百年以上、戦争になるほどの外患がなく、国内の派閥争いに王宮内は翻弄《ほんろう》され、領地運営の失敗を隠している閥族領主がいる。

「緑の一族の族長が精霊神の祠を公式参拝すると公表すれば、十分な接待をすることができます」

族名を明かせば、緑の一族を平民扱いしようとする領の阿呆どもだけでなく、国の危機を察知していない閥族の阿呆どもにも一泡吹かせられる。

「待て、殿下に密奏するまで動いてはならん」

「そうですね。速やかに転移陣で王都に行ってまいります！」

「最近転移陣の使用頻度が上がっている。使用理由はさまざまだが、皆一様に魔獣使役の資格を取ってくる。ハルト、お前もなのか？」

「取ってきますよ。一角兎をペットとして飼うことにしたので念のために使役獣にします」

「可愛い子がいたらキャロの分も確保してくれ。ジュエルの家の猫を見たら欲しがるだろうが、大山猫の子猫を乱獲する危険をキャロに学ばせるいい機会になるから、違う小型魔獣でいいんだ」

「そうですね。いい子がいたら連れて来ましょう。伯父上も使役師の資格を取りますか？」

「わしは上級魔獣使役師だぞ。父の跡取りでなかったなら飛竜騎士になるつもりだったからな」

「おや、そうでしたね。ではスライムでも飼ってみますか？」

「スライム……なんでスライムなんだ？」

私はポケットから自分のスライムをテーブルの上に出した。

「美しいスライムだな」

「私の魔力に染まっているから当然です。……伯父上のもすでにありますよ」

改装中だった時の仮設トイレに仕掛けをしたことを伯父上に告げた。

伯父上との対談を済ませたので、魔獣の木札を持参してキャロの客間に急いだ。キャロが所有するのに相応《ふさわ》しい特別な逸品をジーンに制作してもらったのだ。

キャロが遊べば領内で流行するのは間違いない。こちらもトイレ同様に権利を買い叩かれないように販売権を買い取った。

「まあ。なんてすてきな木札でしょう」

可愛らしいキャロの頬《ほお》がバラ色に輝いた。この笑顔が見たくて自分で手渡したのだ。

「おじちゃんと対戦してみよう」

乳母との相談では私に勝てないと踏んだキャロは、護衛騎士たちと一緒に『わたくしがかんがえるさいきょうのデッキ』を選び出した。

「いくわよ。おじちゃま。ひいたちのごうか！」

炎のエフェクトにキャロも従者たちも感嘆の声を上げた。

私は容赦なく炎を火喰《く》い蟻に吸収させせ、間髪を入れず雷砲を放った。

「う……ぅ……びぃぇぇぇぇぇぇんっ……ハルトおじちゃまの、バカ!!」

乳母や侍従たちの、大人げない、と言いたげな視線が痛い。

だがこれはキャロのためなのだ。

カイルとケインに勝ちたいならこんな技に敗れてはいけないのだ。

閑話　真夜中は猫たちの時間

My life in another world is a bumpy road ahead.

あたいはスライム。その辺の森にいるスライムとは一味違うの。どこが違うかって？　それはこの美しいボディー……だけじゃなくってとても有能なスライムだからなのよ。

昼は薬師の助手として働くのよ。もちろんご主人さまとたくさん遊ぶためよ。夜は仲間のスライムたちと家中を掃除する家政婦スライムになるの。

どうしてそんなに働くかって？

もちろんジーンとジャネットの仕事が少なくなると二人もご主人さまと遊んでくれるからよ。気兼ねなくみんなで楽しく遊べるようにコッソリ家中の埃《ほこり》を払うの。

そんなあたいのライバルは頭の悪い魔猫ども。

あいつらはご褒美《ほうび》魔力を欲しいだけもらうからジーンとジャネットに禁止されたのよ。あたいみたいにちょっぴりもらうようにしておけばいいのにね。

昼間は掃除機の魔術具で廊下を爆走して追いかけっこをしたり、魔獣の木札で遊んだり、可愛《かわい》いポーズで皆に撫《な》でて貰《もら》ったりしているけれど、皆が寝静まってから、猫たちは本性を現すのよ。

洗濯機の魔術具を稼働する魔力は、昼間の魔獣の木札の勝負に負けた方が提供するのよ。

洗濯機が起動するとポヤポヤした光たちが集まって来るの。精霊と呼ばれるその光はきれいなのよ。カッコいいじゃない光りながら飛ぶなんて。見ている分にはね。

この精霊たちの性格ときたら、本当に悪いのよ。

あたいたちが自我を持つ前に雑食だったことを持ち出して『＊＊＊喰い』ってののしったのよ！

猫たちはお馬鹿《ばか》だから光たちと遊んでいるつもりでいつも騙《だま》されているわ。

洗濯機にはちょっとしたゲームが付いているの。扉の丸窓の周囲に1から12までの数字が書かれていて洗濯機を稼働させると丸窓の数字が光りグルグルと移動しながら点滅するわ。猫たちは光が止まる数字を予想して、猫の手で数字を押したら魔力が吸い取られて賭《か》けが始まるの。

見事あてたらおやつを貰って、数字を選ぶ猫が交代になるの。

あのカリカリも十分美味《おい》しいけど、牛煮込みの方が美味しいわ。

『かくへんきたキター！』

みぃちゃんが絶叫したのは洗濯機の丸窓全体が点滅し始めたからなの。

この点滅が来た時に当たりの数字を選ぶと丸窓に大きな絵が横に並んで三つ現れるの。その三つが右から順番に縦にぐるぐる回転して絵柄が入れ替わるからじれったいのよ。ご褒美のカリカリが倍増するから、猫たちは二つ目のレーンの回転が遅くなって絵柄が決まりそうになると大騒ぎすることになるの。

確変がきただけではまだ丸窓の絵は現れないわ。まずは数字を当てないといけないのよ。

精霊たちが適当にてんでバラバラな数字を示して惑わせているの。

でもね、あたい、ご主人さまから確率の計算の仕方を習ったの。確かに確変が来たら当たりやすくなるんだけど、精霊たちがいたずらをしているに違いないのよ。みぃちゃんに連続して確変がくると、ご主人さまが教えてくれた変動率と違う結果が出ているんだもん。突然、確変が終了してしまうのよ。

みぃちゃんが一人勝ちしたらみゃぁちゃんが可哀想《かわいそう》だっていう気持ちもわかるわ。一日に何度も洗濯するわけじゃないから、勝負の回数は決まっているんだもん。

あれ？　一回の洗濯でできる勝負の回数が増えている？　……気のせいかしら。

まあ、喧嘩《けんか》をしないで仲良く家事をしているんだと思えば、精霊の干渉なんて気にしないわ。

ああああ。

みゃぁちゃんに精霊が干渉していることを告げ口しに行こうとしたケインのスライムを、精霊たちが魔力をあげて買収しやがった！

何それ。あたいがみぃちゃんに告げ口してやるから！

何？　あたいにも魔力をくれるの？　一生懸命働いているご褒美だって？

あら。ちょっとあなた。良い子じゃない！

でも、あたいはそんなことじゃ買収されないよ。何々？　もうしません？

遊びでも勝負事にいかさまは駄目よ。猫たちと話し合って一緒に遊べるルールを作るべきよ。

賭け事がしたい。確変が出るのかを猫たちと賭けるのね。まあいいわ。何を賭けるの？　猫たちが負けたら面白《おもしろ》いことでもさせたら良いじゃない。

まあ、あたいがそう言ったけれどね。

精霊たちは猫たちに一緒に遊ぼうと言葉巧みに誘い、猫が勝ったらカリカリ倍増、精霊が勝ったら猫が一芸を披露することになった。いかさまはしていないはずなのに猫たちは毎晩、奇妙なダンスを披露しているわ。


「あれ？　洗濯機のカリカリがもうなくなっている。確変でご褒美が出過ぎなのかな？　カリカリはお婆の錬金術で作ってもらっているから、何度も頼むのは申し訳ないんだよな」

確変の変動率を変えるかな、とご主人さまが呟《つぶや》くと、猫たちは悲しみに打ちのめされるポーズをきめてご主人さまの同情を誘おうとしている。

「真夜中に家族のために働いてくれる猫のご褒美を減らすなんてかわいそうだね」

……完全に騙されている。

あいつらは真夜中に可愛く見えるポーズ、おねだりのポーズ、ここ一番の時に使う哀愁漂うポーズを精霊たちに指導されているのよ！

「今後のことを考えてもカリカリ製造の魔術具を作った方がいいのかな」

ご主人さまは出勤前のジュエルに相談に行ってしまった。

待って、あたいも行く。ご主人さまのポケットに飛び込んだ。

どこに行くのにもついて行くわ。

「魔術具ができたら味の種類も増やそうね。ぼくもお魚を食べたいのに、裏の川で魚釣りができないのは残念だな」

ギョギョウケンとギョカクリョウとか難しいことをご主人さまは言い始めたわ。

後でジュエルのスライムに聞いてみよう。

ああ。貸本屋さんに行きたいな。家で読ませてもらえる本は全部読んじゃったもん。

「もうカリカリを全部食べちゃったのか。小さな体に戻っていても実際は成猫の大きさだからたくさん食べるんだな。わかったよ。魔術具は制作してやるよ」

「ありがとう。父さん」

「朝ごはんは残していたから、おやつの量が多いのかしら？」

「ぐあいがわるいのかな？　みぃちゃんとみゃぁちゃんはいまなにしてるの？」

「日向《ひなた》ぼっこじゃなくて朝寝しているよ」

「真夜中に遊び過ぎたのね。お手伝い以外にも何かしているのかしら？」

毎晩精霊たちと賭け事をして負け越す猫なんて、あの二匹しかいないと思うわ。

あとがき

この物語を手に取っていただき誠にありがとうございます。

『ぼくの異世界生活《いせかいせいかつ》はどうにも前途多難《ぜんとたなん》です。』は三歳にして絶体絶命《ぜったいぜつめい》の危機に立たされた際に三十代前半独身サラリーマンの記憶をなんとなく思い出した主人公が、家族の死を受け止められないながらも、新しい家族の元で好奇心のおもむくまま魔法世界を楽しむお話です。

できたらいいな、を実現してくれる家族と働き者のスライムと可愛い猫たちと謎の黒いもので、待ち受ける困難《こんなん》や騒動《そうどう》を乗り越えていきます。

異世界転生物語らしい展開でお話は進みますが、一つの家族のドタバタ劇としてお楽しみいただけるよう意識して書きました。


この物語は小説家になろう、というウェブサイトで毎日おおよそ正午《しょうご》に更新の投稿をしています。間に合わない日もそれなりにありますし、幼児の下ネタがある時は時間帯をずらすこともあります。昼休みなどそれぞれの空き時間で気軽に読んでいただき、面白さのあまりに時間を忘れるような物語にしたい、と日々頑張っております。

物語を書こう、と思い立ったのはちょうど一年前、離職《りしょく》のタイミングで、有木《ゆうき》さんが何か新しいことを始められるのを楽しみにしています、と職場関係の方に声をかけられたことがきっかけで、よし、何か新しいことをしよう、と始めた次第です。

以前から好きで読んでいた異世界転生の世界観と、妄想していた物語《ものがたり》とを融合させてお話を書こう、描き切ろう、と決意するも、時間があっても毎日書くという行為は持続できないものです。

いっそネットに投稿してしまえば後に引けなくなって書き続けるだろう、と毎日投稿をする見切り発車な決断をしてしまいました。

最初の投稿時には誰も読んでくれないのではと不安でしたが、少しずつ読者さんが増え、誤字報告で主人公たちの名前が入れ替わっていることを指摘されるほど、ぐちゃぐちゃな本文の体裁《ていさい》を整える状態でした。日々指摘してくださる皆さんに感謝しております。

そんななか、有木の誕生日前日に書籍化のお話が舞い込んできました。


ド素人の有木の文章が書籍になる、ということで嬉しさ反面、怯えていましたが、優しい担当編集者様になにもかも一から教わり、何とか書籍化の作業をこなすことができました。

イラストを担当してくださった戸部《とべ》淑《すなほ》先生ありがとうございます。自分には無理だ、と落ち込みそうになるたび、届いた素敵な資料イラストの可愛さに悶絶《もんぜつ》することでやる気が倍増しました。

親切にたくさん説明をくださった校正担当者様にも大変感謝しています。


お読みいただきありがとうございました。

有木苫占

ぼくの異世界生活はどうにも前途多難です。
幼児の異世界生活は前途多難!?
ぼくたち「家族」のお話は
まだまだ続きます!
第②巻
2024年11月発売予定!
予約受付開始!!
※発売予定および内容は変更になる場合があります。